TRATAMENTO ESPECIAL

O abominável mundo novo

TRATAMENTO ESPECIAL
O ABOMINÁVEL MUNDO NOVO
AUTOR: Newton Cesar

DIRETOR ALMEDINA BRASIL: Rodrigo Mentz
EDITOR DE CIÊNCIAS SOCIAIS E HUMANAS: Marco Pace
ASSISTENTES EDITORIAIS: Isabela Leite e Larissa Nogueira

DIAGRAMAÇÃO: Newton Cesar
DESIGN DE CAPA: Newton Cesar
FOTO DA CAPA: imagem de Ya. Brigitte sob foto de Martin Redlin, por Pixabay

ISBN: 9786587017280
Outubro, 2021

Dados Internacionais de Catalogação na Publicação (CIP)
(Câmara Brasileira do Livro, SP, Brasil)

Cesar, Newton
Tratamento especial : o abominável mundo novo / Newton Cesar. – São Paulo, SP : Minotauro, 2021.
Bibliografia
ISBN 978-65-87017-28-0
1. Ficção brasileira I. Título.
21-77042 CDD-B869.3

Índices para catálogo sistemático:
1. Ficção : Literatura brasileira B869.3
Eliete Marques da Silva - Bibliotecária - CRB-8/9380

Este livro segue as regras do novo Acordo Ortográfico da Língua Portuguesa (1990).

EDITORA: Almedina Brasil
Rua José Maria Lisboa, 860, Conj.131 e 132,
Jardim Paulista | 01423-001 São Paulo | Brasil
editora@almedina.com.br
www.almedina.com.br

TRATAMENTO ESPECIAL

NEWTON CESAR

O abominável mundo novo

MINOTAURO
São Paulo 2021

Para minha mulher, Helena de Oliveira,

pelo amor e a paciência que são exigidos quando uma vida se mistura em duas.

Ao Vicente Ataide, que me fez descobrir que o mundo do faz de conta é uma realidade tão poderosa que as pessoas podem se modificar quando ouvem ou contam histórias.

Ao Nelson de Oliveira (Luiz Bras), pelo Admirável Mundo Novo que representa na literatura.

Para Maria José, pela conversa que tivemos antes ainda de eu publicar este livro. Minha gratidão será eterna.

Ao Marco Pace, meu editor e amigo de sempre.

E para todos que, apaixonadamente, fazem dos livros parte integrante de suas vidas.

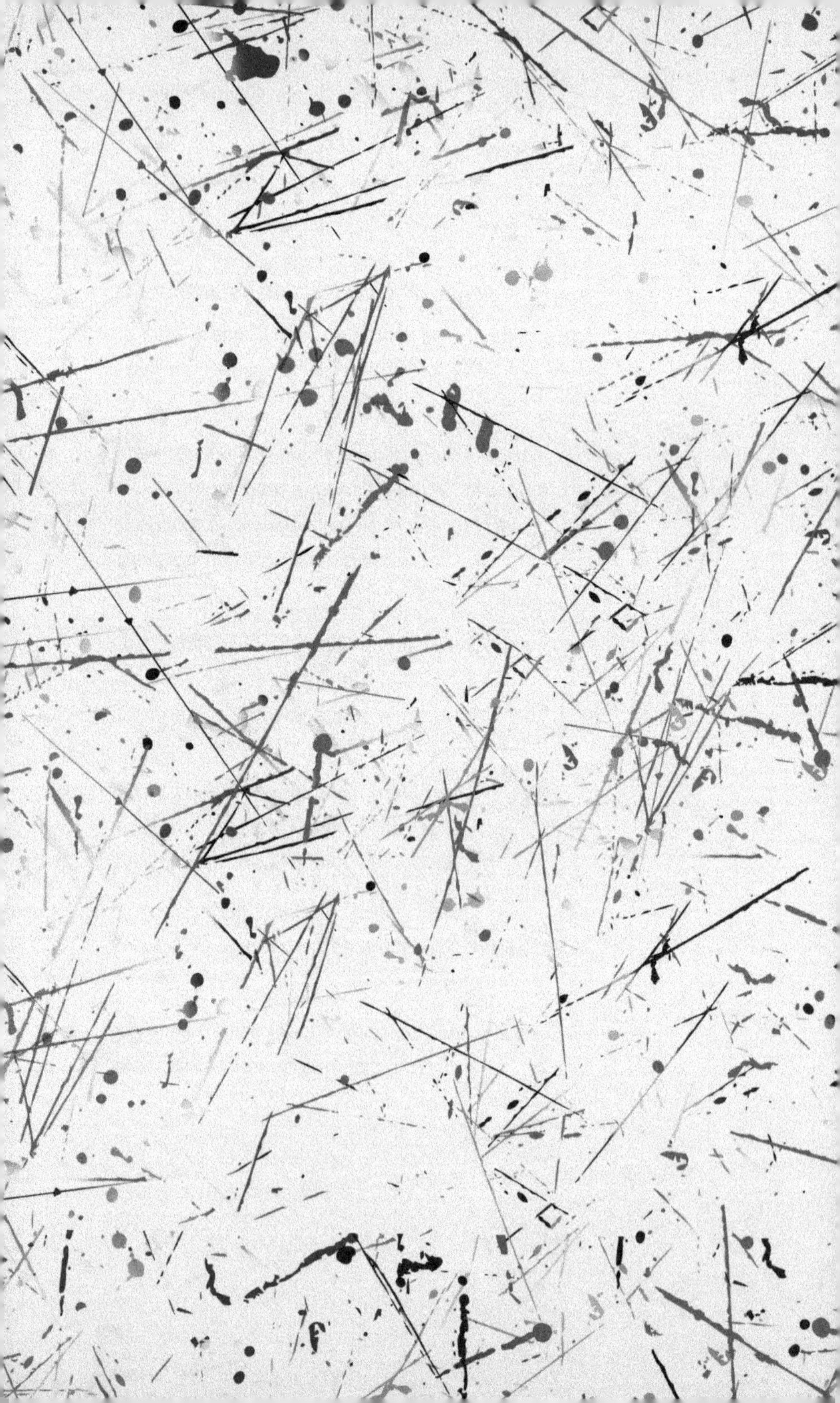

Abriu os olhos quando a claridade abortou a noite. Ao certificar-se das horas, levantou-se, embora fosse muito cedo. Passou as mãos pelo rosto, esfregou-as. Fez o gesto, não mecanicamente, mas como alguém que deseja purgar acontecimentos do dia anterior. Depois, arrastou a morosidade para o banheiro a fim de jogar água no rosto.

Olhando-se, algo lhe dizia que mais nada poderia dar errado, após tantos anos. Vendo o passado, sabia que o pior tinha se exaurido quando, há menos de dois anos, quase perdera as eleições. Dono de carreira política longa, depois das mudanças que iniciou no governo, ser derrubado naquele momento não seria somente dissipar o passado, mas o futuro. E o futuro estava ali, delineado nos olhos, incrustado na mente, traçado em imposições.

Ao deixar o banheiro, teve a sensação de que o relógio tiquetaqueava preguiçoso. Os ponteiros estavam mesmo em câmera lenta, ou a ansiedade o dominara?

Acalmou-se apenas quando sentou para tomar o café e pegou o discurso sobre a mesa.

Lendo-o, os lábios entortaram num sorriso esquisito. A satisfação não era tão somente pelo que iria falar, mas pelo que agora ele significava, sendo o único protagonista do novo mundo. *Seu Novo Mundo.* Decerto Aldous Huxley e George Orwell invejariam a realidade que ele viveria. Estes fizeram literatura, ele faria a verdadeira história.

Nalguns momentos, pressupôs que não chegaria a tanto em tão pouco tempo. A disputa eleitoral não fora fácil. Foi preciso espalhar pensamentos em defesa da democracia, vestir-se da imagem do salvador da pátria, prometer igualdade, prometer programas assistenciais para os necessitados, prometer educação, segurança, saúde. Tantas promessas. E, no fundo, as mesmas, ditas apenas de maneira diferente, com mais veracidade. Discursos carregados com as cores da pátria. De tão convincente, até mesmo ele chegara a acreditar no personagem que havia criado. Maquiar sua verdadeira intenção, todavia, fora crucial para sagrar-se eleito pela maioria. O povo, unido, enlaçou-se às suas palavras. E muitos o fizeram por vislumbrarem *nele* a salvação. O Partido dos Trabalhistas, afinal, vinha dando muito trabalho. Há muito não era mais o cerne da igualdade social. A esperança renovada fora atribuída a ele. Dessa maneira, finalmente, tornara-se o Presidente; o *Grande Irmão* de um país onde senadores, tampouco deputados, existiam mais. O Congresso Nacional, extinto por ele – não sem sofrer atentado, não sem protestos e tentativas fracassadas de processos de impeachment – reduziu-se na insignificância dura das formas arquitetônicas. O Supremo Tribunal Federal, essa maior instância do Poder Judiciário, perdeu a supremacia. O Ato Institucional nº 5, repaginado, transformou-o no Todo-Poderoso. Sua autoridade como governante era absoluta. E emanava de Deus. E só por Ele poderia ser deposto. Bem, talvez nem por Ele. Às favas com Deus!

Legislativo. Executivo. Judiciário. Os Três Poderes lhe pertenciam. Era sua exclusividade criar, executar e fiscalizar o cumprimento das leis. *Suas leis*. Totalitarismo. Czarismo. Absolutismo. Ditadura. Fascismo. Qual, o seu regime? Cada um guardava particularidades que cabiam em sua maneira de governar. Assim, ele concluiu que *Czarismo Absolutista Ditatorial Fascista* talvez fosse a melhor maneira de rotular o regime que veio implantando e que, agora, elevou-se em plenitude. Havia chegado a sua hora.

Saiu.

Ao entrar no carro, sua futura visão era a de pessoas que, grudadas na tevê, ligadas nos rádios, ou plugadas na internet, aguardavam pelo seu pronunciamento. Seriam palavras duras para uns, insanas para outros, corajosas para um tanto, visionárias para aqueles que esperavam pela igualdade social. Seu único cuidado no discurso que faria seria não falar sobre as mortes. Certo, talvez tivesse que falar a respeito. Mas sobre torturas, sobre o Tratamento Especial cuidadosamente implantado por ele, não. Esse assunto certamente não seria abordado. Não seria bom, pelo menos por enquanto, assustar demais as pessoas.

1

O corpo jogado no sofá igualava-se a um bicho-preguiça. Olhando as cenas na *smart TV*, a mente em morosidade considerava que os dias da semana poderiam ter mais sábados e domingos ociosos como aquele. Pasmaceira, às vezes, era a conjunção perfeita do prazer!

Mastigando, deixando a comida escapar pelos cantos da boca, deliciava-se ao se lembrar dos tempos de criança, quando agarrava o prato e grudava o corpo no sofá, as perninhas balançando em busca de apoio no espaço vazio. Naquela hora, seu sentimento alicerçava-se sobre a inveja que tinha dos adultos. Depois, o estado pecaminoso do espírito mudava e ele, finalmente, deixava-se levar pela fantasia dos desenhos animados e ria feito um doido.

Ao se lembrar, quedou-se surpreso, reparando que ainda guardava algumas atitudes de garoto. Ah, como era bom! Um sonho, isso sim! Então, súbito, despencou no abismo da realidade. Uma realidade que lançou desassossego na alma quando o programa fora interrompido para dar lugar a mais um discurso do Presidente.

Esperando o pronunciamento, Ayron lembrava-se de que há dois anos todo o país – especialmente Curitiba – vinha sofrendo mudanças incompreensíveis. O regime político tinha virado do avesso. O Congresso Nacional e os Três Poderes foram sucumbidos. Em sua opinião, até que extinguir o Congresso não fora má ideia. Deputados e senadores, em quase sua totalidade, agiam em causa própria. Mas, tomar para si os Três Poderes? Loucura. Nem o maluco do Presidente eleito dos Estados Unidos faria tal coisa! Por isso mesmo, a cada discurso que assistia, seu coração equivocava-se, perdia-se em arritmias, e ele ficava à espera do pior.

E o pior aconteceu.

Rádios, tevês, internet e sistemas de som espalhados pela cidade transmitiram o discurso:

– Minha gente, meu povo! A partir de hoje, a República de Curitiba passará por mudanças. Nas próximas semanas ou meses, elas serão implantadas em todo o país. Ouçam com atenção, por favor. As transformações exigirão ações drásticas, mas, para mudar uma Nação, é preciso força e coragem. Parafraseando Hitler, aviso que a cultura imposta e seus militantes sofrerão retaliações. A nobreza deixará de existir. A riqueza e os poderosos deverão ser exerminados. Apenas um senhor deve haver.

Para uma sociedade igualitária, evitando as injustiças entre ricos e pobres, o dinheiro será confiscado e ninguém dependerá mais dele para o que quer que seja.

Todos terão trabalho. Mão de obra, mesmo a não especializadas, será aproveitada pelo meu governo. Para os velhos, inválidos, ou qualquer um que esteja incapacitado de produzir, já existem reformatórios. Serão seus lares para sempre.

Economia e moradia: para a conquista da igualdade social e o extermínio da riqueza, ninguém terá mais residência própria. A partir de agora, os imóveis serão confiscados. Em contrapartida, todos terão moradia. O domicílio de cada um será determinado pelo governo. Bens materiais também serão apreendidos. Contas bancárias serão extintas. A fim de evitar conflitos de relacionamentos, familiares ou sociais, especialmente para evitar-se pensamentos políticos adversos, será proibido permanecer mais do que três pessoas em uma casa. Todos estão impossibilitados de conversar com estranhos. A comunicação será apenas com quem morem, trabalhem ou com aqueles que o governo designar.

Alimentação e vestuário: a alimentação está garantida. Ração alimentícia será entregue nos postos autorizados e em alojamentos específicos uma vez a cada duas semanas. Roupas também serão entregues esporadicamente nos postos indicados.

Saúde: haverá médico para todos. A diferença de classe social, de uma vez por todas, será extinta. O médico ou hospital que antes só tratava aqueles que podiam pagar, atenderá a toda a população.

Pseudoverdades religiosas não serão mais imposições das igrejas ou templos. Qualquer tipo de pregação deverá seguir os quesitos do novo sistema.

Nas redes de rádio e tevê será exibido apenas aquilo que o Novo Governo liberar. Haverá um horário de fechamento único para os meios de comunicação. A internet será desativada. Somente os nossos computadores e os autorizados poderão navegar pela rede à busca de informações.

Segurança: para garantir mais segurança, eximir de vez a violência urbana, ficará estabelecido um horário para vocês estarem em casa após o trabalho. Um toque de recolher será o aviso. Não se preocupem, irão escutá-lo. Todos serão vigiados pelo sistema e diariamente os domicílios serão vistoriados. O horário não será determinado. Ninguém mais poderá entrar ou sair da cidade, a não ser que tenham autorização. Não é seguro. As fronteiras e o espaço aéreo serão fechados. País nenhum determinará o que devemos ou não fazer aqui na nossa Pátria.

Aguardem os homens do novo sistema em suas casas ou mesmo nas ruas. Este Novo Governo já está adotado. Àqueles que não cumprirem as novas leis serão julgados e receberão as devidas sanções. Peço que evitem manifestações; não criem tumultos. Violência não será tolerada. O exército está às nossas ordens e, se houver violência, a retribuição será a própria violência. Obrigado.

2

Ayron quedou-se atônito. A comida espalhada pelo sofá. Os olhos ainda esbugalhados, presos à *smart TV*. Trêmulo, sabia que o Novo Governo era mais do que absurdo, não poderia dar certo. Óbvio que não. Nos fluxos-refluxos da vida; em todos os descaminhos – passos contrários –, nunca vivenciou nada igual. O eco dos atropelos sociais, por mais estapafúrdio, de certa forma vinha, até o momento, prevalecendo-se na sanidade, ainda que justiças se extraviassem pelo caminho. O acontecimento atual, porém, era totalmente diferente. Fora da ordem, era demência.

– Estão loucos – resmungou entre dentes, falando para ninguém.

O *Grande Irmão* era só um programa de *reality show*, não era? Se tanto, a famosa ficção científica *1984*. Que fossem as redes sociais. Que a tecnologia dominasse o ser humano cada vez mais, não haveria problema – pensou. – Qualquer coisa seria melhor do que este absurdo, esta locução louca do Presidente.

E agora?

Ayron levantou-se. Desligou o aparelho. Perdido, com os pensamentos desgovernados e aleijado de atitude precisa, olhou para a lata que, trêmula, não guardava mais nenhum sentido em suas mãos. Por algum tempo, ficou parado, olhos inertes, as mãos apertando a cerveja favorita. Fez que ia beber, não bebeu. Fez que ia colocá-la na mesa de centro, não colocou. Terminou por atirá-la na tevê. A tela plana experimentou o malte, água e lúpulo embriagaram o chão.

No hiato entre ter e lhe faltar o ar, cogitou a si mesmo que seu nome bem poderia ganhar maior sentido. *Airon*. Ferro. *Homem de ferro*. O pai insistira no nome em razão do super-herói. Na hora do registro, Airon virou Ayron. O nome americanizado, com o tal do "y", porém, nada mais era senão um detalhe bobo. Ele, apenas um brasileiro, gente comum, fraco de superpoderes, nada poderia fazer. Combater o que viria? Impossível. É certo que o Presidente fora eleito em razão das promessas de igualdade social, comida e moradia para todos. *"Para Presidente, o brasileiro que pensa na gente, Oliveira Bras!"* Conforme seu mandato foi avançando, incongruências ganharam força e o dia a dia da população mergulhou em estranhezas. Uns foram para as ruas. Outros permaneceram inertes em casa. Teve quem aplaudiu, brindou mudanças. Porém, assim que o Congresso foi fechado, a incredulidade se abriu. Quando os Três Poderes se unificaram na figura do Presidente, o medo tomou conta. Manifestações ganharam força, mas logo foram enfraquecidas em nome da Lei e da Ordem. Reinou estranha calmaria. A vida respirou falso remanso. Agora, o que acabara de ser revelado modificava por completo a realidade.

Atrapalhado, Ayron passou a andar de um lado a outro. Barata tonta, foi para a cozinha, banheiro. Parou no quarto. Defronte ao espelho, passou a mão pela barba malfeita e mexeu nos cabelos. Apalpar-se talvez lhe permitisse agarrar-se à realidade. Em outra hipótese, lhe daria a certeza de não ser um robô. A imagem refletida – pele, carne e ossos – não estava na tela do cinema. Ele não era parte de um sonho ou de uma ficção. Pesadelo? Sim, isso, sim. Um pesadelo real que fez suas pernas tremerem. Os movimentos não falharam por um triz. Seu estado emocional extrapolou o nervosismo. Pávido, falou para o seu reflexo:

– Taísa. Meu Deus, ela não vai saber o que fazer!

Ficou agitado. O coração aos trancos.

Demorou a transformar o resmungo em atitude de pegar o celular. Na sala, volteando pelo espaço entre a mesa de jantar, cadeiras, poltrona e sofá, digitou. Uma, duas, várias vezes. *Este celular encontra-se desligado ou fora de área de cobertura!* A voz eletrônica fazia parecer que aquele era apenas mais um daqueles momentos onde o único problema concentrava-se na simples questão de sinal. Ele, porém, concluiu, não sem razão, e após tentativa frustrada de entrar na internet, que a comunicação entre as pessoas já poderia ter sido cortada.

3

As pernas bambearam quando ela se levantou da cama e largou o controle da televisão. A boca, seca, mordiscava os lábios e os olhos espantados ficaram encarando, sem de fato enxergar. O corpo emperrou. Permaneceu assim, paralisado, facejando desatento a programação televisiva. O ato de ver e escutar ficaram atados àquela imagem do Presidente lançando palavras como se atirasse flechas. Prisioneira da súbita paranoia experimentada, ela demorou a se livrar da letargia que a abateu. Mas conseguiu.

Ao deixar o quarto, foi até a cozinha e tomou um copo d'água, não sem titubear e tremer as mãos. Tão rápido que bebia, deixou que o líquido escorresse e acompanhasse o escorrer da vida. Sorveu, em goles débeis, um copo após o outro. Depois voltou para o quarto e se jogou na cama.

O queixo tremeu. Com o corpo tomado pelo medo, começou a chorar. Pensou na falecida mãe. Nos braços mortos do pai. Na família que já não estava para dar apoio, passar a mão em sua cabeça e dizer o que fazer. Acabou concluindo que isto era bom. A família, bem na verdade, deveria encontrar-se melhor onde estava. Perto de Deus, o mundo prometia um paraíso. Ali, não. Ali, ela tinha certeza, a vida viraria um inferno.

Encolheu-se.

Parada, quase réstia de gente, o corpo em caramujo lembrava o de uma criança ainda por nascer. Neste estado, agarrada em si mesma, a única pessoa que tinha ganhou cor e forma em suas lembranças: Ayron. E as recordações levaram-na para um lugar bom, uma viagem que haviam feito anos atrás. Primeira e única viagem internacional – prestações a perder de vistas a fim de encontrarem a felicidade. Montanhas, neve. A brincadeira com os esquis que, afinal, nunca os deixaram ficar de pé. O amor incansável durante a noite. A paixão incontrolável que sentia quando ele a possuía. E as promessas que faziam de ficarem juntos, ligados pelo eterno. A vida bem que poderia parar ali, naquela projeção. Poderia. O tempo, contudo, não para. E foi na continuidade dos minutos que ela ouviu os ruídos das ruas, a voz do apresentador da televisão, o ronco de uma motocicleta, o grito de alguém, talvez na esquina.

O casulo se desfez. Ela voltou à realidade. Levantou-se, pegou o celular e fez a ligação. Mas o namorado não atendeu. A chamada perdida também extraviou sua ação e ela, por um instante, não soube o que fazer. Resolveu, então, esperar.

Ayron havia deixado o apartamento aos tropeções, derrubando tudo. Afoito, era tal um ladrão pulando, desenfreado, os degraus da escada do prédio onde morava. Apressado, sem paciência para o elevador, terminou por chegar mais rápido.

Na portaria, tumulto. Pessoas resmungando, gesticulando, comentando e discutindo as ações do Novo Governo. Na correnteza daquele alvoroço, pediu passagem, mas atenção nenhuma lhe foi dada. Esbarrou em um, empurrou outro, e quando finalmente desvencilhou-se, correu até o estacionamento para apanhar o carro. Revirou os bolsos, misturou os dedos com os cacarecos que carregava, mas não encontrou a chave.

– Merda!

Impaciente, subir ao apartamento seria perder tempo. Resolveu pelo táxi. Algumas coisas ainda deveriam funcionar, não deveriam? Na esquina perto, o veículo laranja. O motorista do lado de fora, à espera, indiferente aos acontecimentos. Ayron embarcou, pediu pressa. Chegou quinze minutos depois.

Ela abriu a porta. Ele, os braços. No porto seguro do abraço, Taísa exclamou:

– Graças a Deus está aqui!

Sem palavras, tentou confortá-la no silêncio do corpo, naquele abraço forte.

– Por que demorou?

– Não demorei. Eu...

– O que vamos fazer?

– Vamos dar um jeito, prometo – respondeu ele, certeza nenhuma na voz.

Ayron fitou-lhe os olhos vermelhos, inundados. A face em lágrimas. Ela, com a cabeça ligeiramente alta – um feixe de luz ressaltando as formas – assemelhava-se a uma pintura de Rembrandt.

– Talvez possamos partir, sair do país – ele sugeriu.

– Como, sem dinheiro?

– Duas passagens minhas economias podem pagar. Depois a gente se vira. Não há mais como viver aqui.

Taísa enxugou as lágrimas. Com a voz ainda embargada, questionou:

– Será que ainda conseguiremos sair? As fronteiras, o espaço aéreo...

– Sairemos. Não acho que todas as medidas tenham sido implantadas. Não tão rápido.

Ele se desfez do abraço à busca de um novo destino. Celular em mãos, quis navegar pelos sites em busca de informações nas empresas aéreas. A rede, de fato, havia sido desativada.

– Droga! – resmungou. – Tem o número do aeroporto?

– No meu celular – ela respondeu, e vasculhou o aparelho.

Ayron digitou o número. O destino girou várias vezes em círculo à esperança da chamada ser atendida. Do outro lado da linha, o mundo mudo.

– É melhor esperar um pouco – Taísa sugeriu, sem na verdade saber o que fazer.

Ansiosos que estavam, permitiram que o silêncio os abraçasse e, parados, olhos nos olhos, descobriram que a vida, de fato, poderia dissolver-se em instantes. A descoberta veio de um súbito alvoroço. Ele foi à janela verificar. Ali, do nono andar, tinha-se uma visão global da rua. Caixões estavam sendo transportados para algum lugar. Até onde a vista alcançava, Ayron contou cinco caminhões carregando esquifes da morte. Pessoas alvoroçadas observavam. Uns impediam, outros davam passagem. Era difícil encontrar um canto, um lugarzinho só em que não houvesse incredulidade.

Ele a chamou:

– Venha ver.

A imagem dos caixões sobre as carrocerias dos caminhões àquela hora da noite, nove horas, beirava o surreal. Mais que isso: tinha contornos aterradores. No meio da tristeza que os abraçava, o silêncio foi quebrado por um estampido agonizante vindo do prédio da frente, oitavo andar. Um tiro. Depois, um borrão. Mancha de gente que caíra. A mulher havia colocado a arma na boca. E, num instantezinho, só o tempo de puxar o gatilho, tudo o que ganhara ou perdera o sentido enquanto ela observara os caixões, agora estava lá, espalhado entre o meio-fio, a calçada e a rua. A vida transfigurou-se em massa de carne esmagada, moída. Bolinho de gente grudado no asfalto.

Taísa não suportou. Gritou. Chorou. Correu para a cozinha a fim de tomar um calmante. Alcançou um copo, água pela metade. Apanhou o comprimido. Trêmula, como se a vida vibrasse apenas nas mãos, engoliu a drágea.

Ayron permaneceu lá, estático, apático.

Um dos caminhões que carregava caixões parou. Dois homens desceram com um saco de lona – pás em mãos – e foram desgrudar o corpo desfeito na calçada. Repugnância e dor ao observá-los recolhendo os pedaços, enchendo o invólucro de pano.

Um sujeito que também testemunhava a cena da sacada do apartamento, sexto andar, prédio ao lado, fez o jogo da imitação e sacou uma arma. Ayron imaginou que o acontecido com a mulher se repetiria. Mas o desconhecido não colocou o revólver na boca. A morte, afinal, não o espreitava. Apontou o trinta e oito para baixo e irascível, possuído pelo inconformismo, atirou. Duas balas. O motorista do caminhão morreu. Morto, perdia-se na abundância do sangue. Do *seu* sangue e do sangue da mulher grudada na urbanidade feita de piche. O outro correu para o veículo e partiu.

Como se imerso numa película de filme *trash*, Ayron não esperou mais nada. Fosse aquilo uma ficção ou a chocante e imprevisível realidade, voltou a ligar para o aeroporto.

Demorou. Porém, desta vez, atenderam.

– Por favor, qual o próximo voo para Montevidéu? Não? Porto Alegre? – silêncio. Espera. – Para qualquer lugar!

– Não há mais voo, senhor. Todos foram cancelados. Nosso espaço aéreo está fechado.

– Merda! – desligou.

Os pensamentos confundiram-se num súbito desatino. Ainda com a mente desconexa, ainda assim, ele sabia que algo precisava ser feito. Nem ele e tampouco Taísa queriam fazer parte do novo sistema.

– Taísa! – ele gritou e, decidido, foi até a cozinha.

Prostrada, encostada à pia, um lenço de papel na mão direita e o copo já vazio na esquerda, olhou desorientada para Ayron. Reação não expressou. Quase em choque, ela apenas atou-se ao temor e à fraqueza.

– Vamos embora! – ele ordenou, enfático.

Aproximou-se da namorada, tirou-lhe o copo da mão e pediu que pegasse o mínimo de roupa. Entre ela se mover, ir para o quarto, colocar uma peça e outra na mochila, ele arranjou as palavras:

– Temos que sair já.

Ela respirou fundo e perguntou:

– Para onde vamos?

– Qualquer lugar, não importa. Fora daqui, a vida voltará ao normal.

– Mas... O espaço aéreo... – ela começou a dizer.

– Sim, está fechado. Minha ideia é outra. Olha, tenho algum dinheiro. Em casa, não no banco. Pouco, mas deve dar para gasolina e algum suborno. Minha ideia é pagar para qualquer um que queira se arriscar, nos deixar passar, ou nos levar clandestinamente para fora. Podemos cruzar a fronteira de carro. Paraguai, Argentina, sei lá. Dará certo. Em outro país, seja em qual for, a gente se vira. Vamos!

Saíram.

Fora do prédio, gente apavorada. Marionetes desgovernadas andando sem rumo à procura de clareza. Qualquer coisa poderia acontecer. Ali, na porta do edifício, Taísa sustentava-se cheia de medo.

De mãos dadas, ele olhou a rua de um lado ao outro. Disse:

– Não podemos perder tempo. Teremos que andar logo. Me dê a chave do seu carro!

A garagem não era no edifício. A uma quadra dali,

o estacionamento a tinha como cliente fazia tempo. Indo para lá, trombavam em pessoas. Zaranzavam e, às tontas, em passos desajeitados, olhavam aquela confusão de gente aumentando, aumentando, ganhando corpo incomum. No ir e vir do povaréu, na esquina em frente donde estavam, os caminhões repletos de caixões apareceram outra vez.

Taísa estacou, espantada. O peito acelerado. Olhos perplexos.

– Vamos. Não podemos parar – Ayron quase arrastou-a.

– Espere. Os caminhões, eles...

– Não há tempo – abraçou-a. – Não há tempo.

Atravessaram a avenida por detrás de um dos caminhões e andaram mais alguns segundos. À frente de um prédio, massa de gente se concentrava. Sons de portas e vidros se quebrando virou trilha sonora inesperada. Olharam assustados. A multidão atirava paus e pedras nas portas e vidraças de todos os lugares. Vandalismo. Gritos. Tumulto. Destroços. A revolução vinha rápido. Rápido demais.

Ali onde estavam, um empurra-empurra sem fim os envolveu.

Taísa encolhera-se, espremera-se no muro de uma guarita. Lá ficou. O corpo tremendo. Indecisão comandando a vida. Mas, enquanto quieta, o corpo hirto, Ayron resgatou-a daquele torpor medonho. Correram até a esquina próxima.

– Amor, respire fundo. Escute. Não podemos chegar ao estacionamento por esse caminho. Mas podemos dar a volta na quadra, ir pelos fundos.

– Estou com medo. – Ela, quase em sussurro. O choro atrapalhando a fala.

– Também estou. Mas vamos conseguir, eu prometo.

Ele a beijou levemente e abraçou-a com força. Ela chorava cada vez mais.

– Acha que podemos ir?

Taísa fez que sim. Contudo, não tiveram tempo de dar passos, sequer. Dois homens armados apareceram. Foi assim, como se do nada viessem; como se antes não existissem. Pararam os carros de repente. Saltaram. Ordenaram, voz quase aos gritos.

– Quietos!

Nos olhos, sustentavam uma estranha expressão. Qual robôs, pareciam dopados. Magros, pálidos feito cadáveres. Grotescas figuras humanas que, de humanas, pouco tinham.

– Identificação! – disse o mesmo homem de antes. Atento, o outro segurava firme a arma nas mãos.

Depois de rápida olhada, os cartões de identificação contendo nome, digital, endereço, profissão e parte da vida resumida em dados computadorizados, foram devolvidos.

– Os celulares.

– Mas...

– Ninguém poderá se comunicar sem autorização. Entreguem os celulares.

Entregaram.

– Você, rapaz, vai para a triagem 5. Chegando lá, receberá orientações sobre seu novo lar, trabalho, direitos, enfim tudo o que precisa saber. – Silêncio. Os olhos de um fitando os medos do outro. – Acompanhe o meu parceiro.

– Você... – O homem mediu Taísa. Os olhos percorreram corpo e rosto. Só depois ele continuou: – Você vem comigo. Irá para a triagem 17.

Ela ficou histérica. Numa ação desperdiçada, puxou o braço, tentando soltar-se. Depois começou a gritar:

– Não vou pra lugar nenhum! Me larga!

Ayron fitou-os. Os olhos procurando uma brecha, um descuido só para poder atingi-los e, com Taísa, disparar em salvação.

– Nem tente...

Aquela arma apontada para a cabeça de Ayron emitia palavras silenciosas.

O silêncio.

A cabeça.

A arma.

Uma mira tão boa, tão perto, que já era possível ver

os miolos se espalharem pela rua caso o corpo se movesse. A obediência, óbvio, o libertaria de um destino como esse.

Figura petrificada, ele nem se moveu.

– Vá embora. Eu cuido da moça – disse o comparsa.

Sem escolhas, restou ao namorado permanecer aprisionado na impossibilidade da ação. Imóvel, ficou a observar Taísa debater-se, gritando para não ir.

4

Resguardado dentro da ineficiência, foi arrastado até o veículo do homem que o havia detido. Antes de entrar, quedou os olhos para os lados sombrios da rua e, num piscar de tempo, avistou o outro carro onde Taísa fora colocada ser engolido pela escuridão. No mesmo instante, esta imagem desfeita mesclou-se com a ordem:

– Entra logo no carro!

No relapso da obediência, ele demorou em atender o policial. Seria mesmo um policial? Não parecia. Um agente do novo sistema. Sim, bem mais provável. O que fosse, porém, não faria diferença. Na situação em que se encontrava, distinção faria se não tivesse permitido que a levassem. Agora era tarde. Com isso fincado na mente, entrou no veículo e logo se deixou absorver, contemplativo, pelas luzes dos faróis de outros carros que passavam. Imerso na luz, cegava-se. Por um instante, um instantinho só, imaginou que talvez fosse bom não enxergar. Cego, não veria nada do que estava acontecendo. Surdo-mudo seria, igualmente, um estado bem adequado. Escutar ou falar realmente já não tinha importância. Afinal, do modo como as coisas iam, qualquer manifestação que revelasse independência era condenável. De toda maneira, no fundo ele sabia que não poderia ficar assim. Então, concentrou-se em fazer com que o sentimento inábil partisse.

Não estava algemado. Não era um preso perigoso. Apenas mais um que iria se juntar a tantos no centro de triagem, sabia disso. O agente que dirigia – arma na cintura – também. Será que realmente atiraria se ele tentasse fugir? O pensamento vagueou por sua mente. E a possibilidade ficou lá, guardada caso a situação se configurasse favorável.

No caminho para a triagem 5, tráfego intenso. Pessoas apavoradas e desobedientes à busca de sair da cidade. O tumulto, talvez aquele mesmo que tinha visto há pouco na frente do prédio, se agigantava. A diferença era a de que os homens do sistema, agora, surgiam em qualquer parte, paravam qualquer um; faziam perguntas, ordenavam, reprimiam. Enquanto uns dialogavam, outros reclamavam. Alguns esbravejavam. Em dez minutos parado, outra coisa não se via. Nervoso, os olhos dum lado para o outro, ele buscava alguma possibilidade, uma brecha, um lugarzinho que pudesse passar caso, num ato heroico – ou louco, provavelmente – jogasse o motorista para fora e tomasse o carro para si. Os pensamentos ruidosos deram lugar a novos sons do tumulto. Pelo retrovisor do carro, multidão de insanos se refletia. Gente igual a bicho. Animais a destruírem sem medo. Paus e pedras borrando a urbanidade, ferindo fachadas, veículos e pessoas.

Por instantes, Ayron viu-se inerte, sem saber o que fazer. O tráfego parado. O medo transformando-o em pequenez dentro do carro, igualando-o a um rato, ou um inseto. Acuado. Deveria abandonar o veículo? Seria melhor mesmo fugir, juntar-se à multidão e lutar? Sabendo de Taísa, sorveu alguma coragem e concluiu pela fuga, mas não pela luta. Se lutasse, poderia morrer. Seu plano, por mais insólito, ainda continuava o mesmo: encontrar na clandestinidade a maneira de, junto dela, abandonar o país.

Respirou fundo.

Pensou no instante.

Pensou na vida.

Pensou na morte.

Depois não pensou em nada ao socar a cabeça do policial no volante e saltar do carro.

5

Correu. Correu muito. Embrenhou-se às pessoas. Misturou-se aos corpos. Mesclou-se em tumulto. Nem chegou a ser perseguido. Ao sentir-se mais calmo, procurou por uma rua que estivesse mais tranquila a fim de livrar-se daquela massa de gente que destruía. Ao longe, porém não tão distante, uma pequena rua sem movimento. Se lá conseguisse chegar, provavelmente encontraria uma saída. Qualquer saída. Olhou várias vezes da esquerda para a direita – a massa de gente aumentando –, depois disparou em direção à rua. Precisava ser rápido. Precisava ser firme. Se demorasse, se por qualquer razão, caísse, seria pisoteado e talvez esmagado.

Com a vida descompassada nos pés e no peito, corria ele, corria o medo.

Até que chegou.

Em razão da maioria das luzes da rua estarem apagadas, distinguir qualquer coisa com clareza foi impossível. Apurou a vista. Nada dos homens do sistema. A multidão também não estava à vista, embora o som sugerisse imagens do povo. O barulho da revolução assemelhou-se ao de uma televisão que se deixa ligada num quarto e se escuta de outro. Baixo, abafado. Ele desejou que o som continuasse assim.

À procura de abrigo, avançou um pouco mais. E, de repente, parou. E apurou os ouvidos. Se a revolução se tornara quase inaudível, outro som irrompeu, tomando-lhe o lugar. Veículos pesados aproximavam-se com lentidão. Seriam caminhões? Não, era pior do que isso. Eram tanques do exército. Atrás dos tanques, a tropa de choque. Aquela multidão alvoroçada, em poucos minutos, iria entender por que os mais fortes vencem. Mas Ayron, não. A última coisa que desejava era medir forças. Enfrentar o inimigo não era tarefa sua. Os super-heróis – esses seres imaginativos fantásticos – que se virassem. Aos super-heróis, os inimigos. Para ele, a fuga!

Por instinto, um instinto tão rápido quanto perigoso, saltou para uma porta entreaberta de um casarão do seu lado direito. Sequer deu-se conta de que poderia ter sido visto. Sequer deduziu que poderia morrer. Dentro, estirado no chão, vasculhou, atento, uma maneira de se misturar à escuridão do lugar. Ser, ele mesmo, negrume. Do lado de fora, os tanques seguiram caminho. O som bélico foi se distanciando e o coração de Ayron foi se acalmando. O alívio começou a dar à luz. Mas durou pouco. Muito pouco.

Vozes.

A porta rangendo.

Quando escutou, saltou para debaixo de um balcão. Dois homens do exército abriram fogo. As balas das metralhadoras começaram perto do teto, depois foram descendo, desenhando uma trajetória mortal até o chão. Em segundos, o lugar era furos, cicatrizes impressionistas de balas nas paredes. Ayron, contudo, fora esperto. Ao menos, chegou a essa conclusão. Logo que os tiros começaram, arrastou-se para uma escada atrás de si. Desceu-a, deslizou pelos degraus empoeirados feito uma cobra, a cabeça para baixo, o corpo a serpentear pela trajetória da salvação. Com as mãos trêmulas sustentando-o, não demorou a atingir o final da escada. Ali, um canto. Esconderijo. Um lugar onde somente crianças entrariam para se esconder das surras, mas que, naquele instante, poderia lhe salvar a vida.

Encolhido, tremendo de tão assustado, ele misturou a lembrança de Taísa com o pensar divino e clamou por Deus. Que Ele os protegesse.

Mesmo sem saber as palavras certas, rezou.

6

Foi uma matança só.

Depois de várias ordens para a população recuar – nenhuma delas atendida – o exército armou-se de impiedade, abandonando de vez os métodos tradicionais. Bombas de efeito moral e os jatos d'água deram lugar a tiros de verdade. Até granadas foram lançadas! Para qualquer lugar que se olhasse, era gente correndo, gente gemendo, gente morrendo. Uns, de olhos abertos, bem pareciam pessoas embasbacadas ao contemplar um novo filme do Tarantino. A maioria torcia o rosto, arregalava os olhos, puxava pela memória, mas não conseguia encontrar nada que já tivesse visto, ao vivo e em cores, que se parecesse com aquilo.

Sangue.

Desespero e lágrimas.

Sem considerar as consequências, posto que o raciocínio morre à medida que a fúria nasce, milhares armaram-se de paus, pedras, coquetel molotov e avançaram sobre os militares. Importância nenhuma tinham as certeiras rajadas das metralhadoras. Os tanques e o poder destrutivo das granadas eram negligenciados. Cegos, analfabetos de suas fraquezas, as pessoas só faziam combater. Da maneira que podiam, atabalhoados, porém unidos, enfrentavam. Frente ao arsenal dos militares, eles eram um exército de gente frágil, eis tudo. Mas, nessa altura, somente a vitória faria algum sentido. E a vitória não vinha. A população tombava pelas ruas. Estruturas de concreto estouravam e caíam em pedaços. Ainda assim, o povo, acometido de tamanha revolta, mesmo aos cacos, continuava a desafiar e a lutar.

Num momento torpe, a massa de gente conseguiu unir repentina força e, de um só golpe, derrubar um grupo de soldados. Pisoteados, espancados com paus e ferro, as armas bélicas que traziam em punho não lhes foram de serventia. O povo, emergindo do abismo de mortes, naquele breve instante revelou-se mais forte e rápido do que aqueles uniformizados com a cor da bandeira. Envoltos na pontual vitória, os inexperientes revolucionários contemplaram a mancha verde no chão. No peito dos soldados caídos, podiam divisar um círculo com uma data embaixo e, no centro, as iniciais NG – Novo Governo.

Vê-los estirados era enxergar a vitória, ainda que parcial. *O povo unido jamais será vencido!* Mal sabiam, porém, que vislumbrar vitória era enxergar ilusão. Afinal, o ditado só ganha força quando não silenciado pelas armas.

Concluindo que a população não iria parar, o exército resolveu aniquilar de vez, por fim àquila batalha. Dada a ordem, intensificou o ataque. O poder letal aumentou. Soldados lançaram mais granadas. E mais. E mais e mais e mais!

A carnificina levou muita gente. Em poucos minutos, milhares morreram. Inúmeros prédios e carros foram destruídos. Pessoas foram despedaçadas. Corpos se partiram. Manchas brancas (cérebros e ossos) e manchas da cor salmão ou chocolate (peles), misturaram-se com o vermelho do sangue ao serem arremessadas nas paredes e noutros corpos que corriam. Os respingos grudados lembraram o expressionismo abstrato de Pollock. E, assim, a arte da morte badalou ao som cruel da revolução.

Quando os sobreviventes entenderam a própria fragilidade, mais da metade de toda a população em batalha havia sido reduzida a carne esmagada, sangrando no chão. Pensando bem, lutar seria inútil. Então, dominados pelo desespero, puseram-se a correr. Não sabiam para onde ir, se abrigar. Enquanto corriam, tropeçavam nos corpos mutilados. Caíam. Levantavam. Teve quem pensou em fingir-se de morto. Imitar a morte, entretanto, era um ato mais insano do que tudo. Se o fizessem, seriam pisoteados, seus corpos se misturariam aos mortos e, facilmente, poderiam ser enterrados com o coração ainda batendo.

Gritos de piedade e perdão retumbaram. Mas o som que pedia misericórdia era encoberto pelos estrondos e ninguém ouvia. O exército e os homens robotizados do sistema estavam mesmo surdos para as vidas alheias. A essas vidas sem valor, a crueldade era barata. Por isso, nunca, em toda história, um conflito urbano fora tão cruel. 1964, ano do golpe militar, e todo o período da ditadura, perderam longe.

De repente, um pouco de alívio.

Teria o terror sido brevemente interrompido por um comercial? Um desses comerciais de 30 segundos que promete maravilhas? *Plim, plim!*

Até as granadas pararam.

Tiros de metralhadora diminuíram. Os homens do exército passaram a atirar apenas quando certeiros do alvo. A matança virou seletiva. Os velhos métodos foram retomados. Jogaram gás lacrimogêneo. Em segundos, parte da cidade cobriu-se de fumaça.

A fumaça cega.

A fumaça arde.

A fumaça causa tumulto, desespero, faz tudo voltar.

A balbúrdia renasceu.

A correria generalizada revelou-se em mais gente pisoteada e corpos desfalecidos. Inúmeros pararam na frente do edifício Asa, forçaram a portaria e buscaram sobrevivência prédio adentro. Morreram sem ao menos darem passos na tentativa de entrar. Aqueles que conseguiram, avançaram pelas escadas e salas abandonadas do edifício.

Não demorou e os andares ficaram lotados. Só não havia crianças e mulheres. As crianças ficaram em bairros afastados onde a guerra ainda não começara. Muitas delas sem as mães, pois a maioria das mulheres foi encaminhada para as zonas de triagem.

O exército não invadiu o edifício. Aqueles que adentraram, estavam em segurança. Para os que ficaram do lado de fora, contudo, a matança continuava. Então, de um instante para o outro, como se a vida real tivesse possibilidade de edição e cortes de cena, uma mensagem fez tudo parar. Através do sistema de som espalhado pela cidade, ouviram:

– Atenção, todos! Se forem obedientes, o exército tem autorização para cessar fogo. O Novo Governo está disposto a perdoar o comportamento de cada um. Não recairá sobre vocês nenhum tipo de pena em razão das manifestações e afrontamentos ocorridos. Basta que se entreguem ao exército, ou aos homens do sistema, a fim de serem levados às zonas de triagem. Obedeçam às ordens e, se assim o fizerem, a luta será encerrada.

A voz emudeceu. Mas o som ainda martelou dentro dos ouvidos assustados daqueles que se entregavam.

Bandeira branca.

Pouco a pouco, qual bicho que se numera, as pessoas foram distribuídas para os centros de triagem. De lá, muitos homens seriam enviados para a Zona 5, outros para a Zona 8. Velhos e inválidos para a Zona 12. Mulheres, um número bem reduzido que lutara, para a Zona 17 ou 23.

Trabalho duro para o governo tocar aquela gente feito gado. Mas depois de quatro horas, bem perto da manhã, não se via mais ninguém nas ruas senão mortos e destroços.

7

Chegou ao topo levando esperança. Aos mais pobres, a bandeira da igualdade social fizera sucesso. Trabalho, comida, moradia, saúde. As pérolas que o povo tanto almejou, enfim brilharam. Não era ele o Messias, mas detinha a *boa notícia*, a *salvação*. A demonstração do poder e do amor do Pai através dos prodígios – ou seja, dos milagres – que ele oferecia não estavam na Bíblia. As pérolas não eram, pois, o Evangelho. Eram o trabalho, a comida, a moradia e a saúde. Ele também não era Deus, mas negar que estava libertando o povo da desgraça, ah, isso não podiam! Foi fácil. Convencer o povo é fácil. Pão e circo são tudo o que precisam. Não necessariamente nesta ordem! O pior se deu com as classes dominantes. As indústrias, os empresários. Os ricos deram um trabalho danado. Àqueles em que os acordos não foram fechados, o enfrentamento foi duro. Agora, todo cuidado era pouco. *"Não deis aos cães o que é santo, nem lanceis ante os porcos as vossas pérolas, para que não pisem com os pés e, voltando-se, vos dilacerem."* (Mateus 7:6). É, o trecho do livro sagrado lhe fazia todo o sentido. Nunca imaginou que fosse se lembrar de uma passagem inteira. O que a política não faz? O PRC – Partido Religioso Cristão, afinal, fora sua iniciação, por assim dizer. A mola propulsora que lhe permitiu chegar à Presidência. Amém para a religião! Sua mente, por alguns segundos, ficou em pingue pongue de pensamentos. De um lado, a frase religiosa. De outro, a manifestação.

A manifestação, esta que, dum instante paro o outro, configurou-se em revolução, por pouco não fugiu ao controle. Ele estava pronto para o que aconteceu, claro que sim. Imaginara, porém, que a situação tomaria o rumo que tomou dois, três dias após o seu pronunciamento. Horas depois? Não esperava. Todavia, donde estava em seu gabinete – o corpo ereto, as mãos cruzadas nas costas, o olhar fixo no horizonte contemplando o laranja que começava a matar a escuridão do céu – ele via ao longe, bem longe, parte do estrago feito e respirava com altivez. Quantos presentes na revolução? 500 mil pessoas, no máximo. Foi a informação que lhe chegou. Quantos mortos? Talvez 20 mil. O número não era preciso. Tudo bem. Hitler, afinal, não matou mais de 6 milhões de judeus? 20 mil corpos eram irrisórios perto do que fez Adolf. E havia ainda uma vantagem: limpar as ruas daquela carnificina daria menos trabalho. Poderia levar alguns dias, mas se livrar de 20 mil cadáveres era diferente do que desfazer-se de 100 mil. Outra questão que o deixava menos preocupado: a República de Curitiba, na verdade todo o país, era uma ilha. Espaço aéreo fechado. Rotas terrestres fechadas. Internet desativada. Tevês locais censuradas. Iria demorar até que países intrusos viessem incomodar. A ONU não viria tão rápido abocanhar seus cadáveres para, depois, arrotar a paz. Não mesmo. Até lá, até que a ONU e países estrangeiros viessem interferir, as zonas residenciais estariam todas ocupadas, o povo estaria trabalhando, a produção bélica teria atingido produção vertiginosa e a robotização de humanos, com órgãos cibernéticos, ou mesmo biocibernéticos, teria avançado muito, pelo menos no que competisse à teoria. Na prática, as pessoas receberiam um implante de identificação, o chip do trabalhador, e a robotização seria por meio da Nova Droga. Um método mais arcaico, nalguns casos até mais demorado, mas com eficácia já comprovada, se a dose certa fosse controlada. A quantidade de pessoas que tinham reações adversas nem poderia ser levada em consideração de tão insignificante. Enfim, por ora, restava-lhe esperar. Uma soneca lhe faria bem. Decidiu ir para a cama no mesmo instante em que o sol despontou de vez.

E fez calor.

Debaixo do sol escaldante, no pátio do centro de triagem 5 – o espaço era o de um antigo colégio estadual – homens aos milhares lutavam com o incômodo.

Aperto. Fervor. Fedor. Ansiedade e flagelo dominavam os corpos que, aos poucos, em passos morosos, quase em câmera lenta, perfilavam-se para receber café com leite, pão com manteiga. E um chip. Igual no exército, pão e leite eram servidos. Gente de todo tipo esticava as canecas, agarrava o pão. Havia quem se negasse, é claro. O nível de dignidade e superioridade de alguns ainda não se igualara à maioria. Mas isso era tão somente questão de tempo. Assim, de café tomado ou não, os homens eram guiados para salas próximas. Mesmo apresentando alguma resistência, entravam, esticavam o braço. Achavam que lhes fossem tirar o sangue, mas quando davam por si, uma fisgada no pulso fazia-os observar um líquido injetado se transformar rapidamente em uma espécie de gel. O gel ganhava o formato de um código de barras e, sob a pele, era tal qual uma tatuagem interna. Porém, no lugar de tinta orgânica, um pigmento eletrônico. O chip do trabalhador. Nada de crachás. Adeus documentos. A vida estava no pulso. Todos os homens destinados à Zona 5 foram marcados com o chip. Entre eles, Ayron.

8

Para Ayron, a revolução mal começara. Durou apenas o tempo em que ficou escondido no sobrado. Na casa, livrou-se de tiros. Deslizou por degraus feito cobra. Mas o jogo do esconde-esconde durou pouco, muito pouco. O exército encontrara-o encolhido no canto. Conforme ele havia imaginado, talvez uma criança passasse despercebida naquele lugar. Ele não. Olhos e armas dos soldados rapidamente lhe fizeram mira. Alvo fácil, a sorte que teve, é que não atiraram. Ele levantou os braços e entregou-se sem qualquer resistência. Agora, estava naquele quarto pequeno. Frieza e solidão espalhavam-se em cada orla da parede. Desfeitos, os cimentos velhos e rachados causavam a impressão de que a vida era só reboco. Ali dentro, a humilhação enraizava-se nas rachaduras, e vendo-se a ruína, era como observar a desgraça em tentáculos. Intermináveis.

Era aquele um conjunto habitacional popular muito antigo. Se moradores foram despejados para a entrada de novos, ou se a ocupação se deu apenas nos apartamentos vagos, Ayron desconhecia. Porém, o cenário das possibilidades construiu-se no seu pensar. Não bastava ao governo apenas ter tomado os imóveis no papel e deixado os moradores intactos? Não. Ele concluiu que não. Para o governo, separar pessoas, aglutiná-las em grupos (os eficientes, escravos produtivos, para um lado; ineficientes, doentes e velhos para o outro etc.) era de extrema necessidade para que o controle não se perdesse. Isso é o que Ayron pensou. E era verdade. Fora o que o Presidente havia dito, não exatamente com essas palavras. Ao contemplar as paredes, distinguiu nas formas invisíveis o que todos seriam: cordeiros. Rebanho de subalternos! Povo marcado. Povo feliz?

O que ele não sabia era que, num primeiro momento, não seria o povo controlado por chip social, ainda não. Permitir que se enxergassem iguais a prisioneiros nos lares não seria bom. Que ficasse implantado no corpo, por hora, apenas o chip do trabalhador. De resto, o controle por vistorias, câmeras eletrônicas públicas, e por meio dos drones seria o suficiente para fiscalizar o rebanho. A agregação em grupos, nesse sentido, era um facilitador do trabalho do governo. Como na vida tudo é uma questão de ponto de vista, esta determinação do Presidente para uns seria boa, para outros, não.

Encostado à parede do quarto – o pé machucado e alguns arranhões –, Ayron lembrava-se do apartamento onde morava. Examinando o lugar, quieto, cheio de desgosto, sentia pena, quase dó por estar ali. De novo, o mesmo tema revelando-se em pensamentos: "Quantos haviam perdido suas casas? Quantos, ao mesmo tempo, ganharam o lar?"

Correndo os olhos, descobriu uma mesa de canto. Perto da porta, cadeira velha encostada. Duas camas de solteiro, um pequeno guarda-roupa e uma sujeira enorme. O resto era solidão e dor.

Parado – o olhar fixo – repuxava todos os acontecimentos. Via e revia as cenas que se repetiam em seus olhos e, lembrando-se, quedava-se triste. Pior ainda era quando, no emaranhado da mente, entrevia Taísa lhe suplicando ajuda. Seus olhos – rio de sentimentos – se enchiam de lágrimas e ele terminava resmungando com ninguém:

– Por que tinham que fazer tudo isso? Não pode estar acontecendo, não pode!

Mas estava.

E Taísa, presa, sofria longe.

Ao menos por hora, ele nada poderia fazer.

Deixou o canto do quarto. Atabalhoado, foi até a cama e deitou-se. Repuxou o lençol e enxugou os resquícios das lágrimas. Esperando, conseguiu se acalmar um tanto e pensou que uma atividade – talvez arrumar aquela imundície –, pudesse lhe fazer bem. Também tomar goles d'água e engolir os questionamentos seriam caminhos para que ajeitasse as ideias. Entendeu que tais atitudes seriam em vão. Então, apenas fechou os olhos. De repente, abriu-os num susto.

– E aí, mano!

Um homem esquisito e alegre entrou. Os dentes arreganhados dando plasticidade à fala.

– E aí, mano?! – Ayron repetiu, surpreso. – Quem é você? E por que o sorriso?

O outro ficou olhando. O sorriso na face preso à pele mais do que a própria surpresa. Tratar os acontecimentos com desdenho não podia. A vida furtiva dos últimos dias, últimas horas, dava-lhe ares de concretas possibilidades, antes veladas em algures obscuros da sociedade dessemelhante, inconstante.

– Qual é? Os caras foram maneiros comigo, tá ligado? – respondeu. – Eu tava na pior. Sem mulher, sem família, sem emprego, sem comida. Porra nenhuma. Nada mesmo, mano! Às vezes, catava uma boia aqui, um trocado ali. Era foda, meu irmão. Queria o quê? Agora vou ter trampo, roupa, rango, casa. Na moral, aí, tou felizão!

– Calma lá, as coisas não são e não estão assim às maravilhas, não, sabia? Andou dormindo? Não vê o que aconteceu? Gente atrás de gente perdendo o patrimônio, a liberdade. Gente perdendo a cabeça, revoltada, morrendo. Um caos. Você estava na revolução? Muita gente morreu. Muita mesmo. E você diz que está feliz?

– Cara, na boa, não tenho nada com essa gente que não aceitou o novo sistema. Se tivessem ficado quietos, essa parada não teria acontecido!

Sem razão, ou com a razão egoísta, Ayron gritou:

– Caralho! Será que não percebe que as pessoas perderam tudo? Parentes, mulheres, filhos. Eu, por exemplo – em meio ao nervosismo, ele voltou a chorar. De novo, o sentimento invadindo, transbordando, fazendo-o fraco. – Eu... eu perdi a pessoa que mais amo, cara! De uma hora para outra, a levaram. Eu não pude fazer nada. Nada. Sabe o que é isso? Sabe? Não! Você não sabe porra nenhuma!

Os olhos esbugalhados do outro contemplaram o silêncio e a angústia na face do companheiro, que engoliu o nó na garganta, enxugou réstia de lágrima com as costas da mão e continuou:

– Nem sei por que estou falando, dizendo tudo a você. Nem nos conhecemos. Sei lá, talvez você tenha também a sua razão. Eu...

Parou. Sentou-se na cama.

O homem que havia entrado alegre emudeceu. Mudos, ficaram os dois, até que o outro, reflexivo, se lamentou e disparou palavras:

– Na moral, desculpa aí, mano. Foi mal. É que eu

não tinha nada, não tinha ninguém. Te falei. Sou um fodido sem emprego, dinheiro, casa. Não tenho porra nenhuma. Nem pai, nem mãe, nem namorada. Bom, de repente aparece um tipo de governo assim e, duma hora pra outra, tenho casa, rango, trampo. O que cê esperava? Queria que eu chorasse, porra? Não posso, mano. Sério, não dá mesmo. Entendo *os lance*. Tô ligado *nas parada*. Sinto pela galera que morreu. Mas cada um na sua. Minha realidade melhorou muito, muito. Isso é só o que sei!

– Tá certo – Ayron concordou. – Olha, cada um tem a sua razão, então, não diz mais nada, tá bom? É melhor!

Deitou-se. Até o dia vir, esperou que a vida pudesse abraçá-lo, embalando-o em boas surpresas. Quem sabe ele pudesse perceber, feliz, que todo o mal não passara de um pesadelo? Ilusão. Isso era ilusão, ele sabia. A felicidade de uns era a desgraça de outros. Provavelmente, se fechasse bem os olhos, se mergulhasse fundo em seu interior, se embrenharia ainda mais em toda a desgraça. A felicidade, para ele, estava morta. Mesmo assim, encarar aquela realidade de olhos bem fechados seria melhor.

Respirou fundo. De pálpebras serradas, tentou descansar. Até que a voz do outro lhe aniquilou o descanso.

– Diz aí, qual é o seu nome?

Com a cabeça repousada, os braços apoiados na nuca, Ayron olhou o companheiro e esperou, sabe-se lá o quê, antes de responder.

– Me chamo Ayron.

– Aí, parceiro, eu sou o Vicente – disse, esticando a mão.

Cumprimentaram-se.

– Disseram que vou ser seu *parça* – Vicente sorriu. – Mano, nunca achei que fosse dividir um quarto. No fim, a gente vai se dar bem, cê vai ver!

Ayron não respondeu.

– Olha, não precisa trocar ideia comigo, não. Deixa correr. O tempo vai *dizê* tudo. Sempre diz.

E até que a manhã despertou, a palavra de Ayron adormeceu. Sem ter pregado o olho, levantou-se e foi ao banheiro. Conferiu as olheiras, escarrou, mijou. Antes de sair, lavou as mãos, o rosto, contemplou demoradamente o implante no pulso, e, depois, demorou-se na imagem refletida no espelho.

Na cozinha, nada. Nem comida, nem geladeira, fogão. Se procurasse, fome e medo eram tudo o que encontraria. De volta ao quarto, fez barulho qualquer à busca do relógio que não tinha. Vicente acordou. Preguiçosamente, despertou palavras de bom dia ao companheiro, que respondeu um tanto austero.

– Pô, mano, relaxa! Logo vai se acostumar com o novo sistema. As coisas vão melhorar pro seu lado, garanto! – Vicente soltou palavras de conforto.

– É, vamos ver.

– Tem horas aí?

– Eu tinha. Não tenho mais. Perdi o relógio em algum lugar antes de vir parar aqui. Mas deve ser perto das nove.

– Nove? – Vicente, pensativo. – Como é que *os maluco* não apareceram ainda? Não tínhamos que ir lá pro centro ajudar a recolher os corpos?

– Como assim?

– Não tá ligado? Bom, quando colocaram isso no meu pulso – Vicente apontou o chip – disseram: "Amanhã vão recrutar pessoas para ajudar no recolhimento dos corpos que ainda ficaram nas ruas. Às nove, se for um dos escolhidos, poderão bater na sua porta".

– Deus queira que não venham – Ayron olhou fixo para o outro. – Não terei estômago para esse tipo de serviço.

Mas foram.

Quinze minutos depois, o pessoal do sistema bateu, ordenando para que fossem.

– Eu não vou! – Ayron negou-se.

– Temos ordens, senhor. Asseguro que serão cumpridas, de uma forma ou de outra.

– Mesmo assim, não irei – arriscou.

– Cê pirou?! – Vicente resmungou baixinho.

– Senhor, é melhor obedecer – insistiu o guarda.

– Não vou fazer porra nenhuma! – Ayron desafiou.

O cassetete girou duas, três vezes. Parou quando os dedos do agressor se fixaram bem e, num átimo, o estômago de Ayron foi atingido. A dor o fez despencar. Os joelhos bateram no chão e a cabeça pendeu. Encolhido, ainda tomou mais duas pancadas. Ombro e cabeça atingidos. Atordoado, os olhos girando e escurecendo, procurou manter-se consciente. Caído, cobriu o rosto com os braços e buscou forças para resistir. Não a encontrou. Antes de ser levantado, ainda pôde ver o sorriso de vitória estampado na face do agressor.

Ele e Vicente foram colocados num carro preto. Dentro, grades para separar o motorista dos passageiros.

Após cruzarem esquinas, chegaram ao ponto mais destroçado pela batalha. Nenhum carro nas ruas, senão os veículos do governo.

Saíram da viatura. Fora, céu nublado e carrancudo. Parados, observavam as ruas com olhares de estupefação. Entre as sombras dos prédios e os seus destroços, enxergaram pessoas fazendo o trabalho da limpeza. Caminhões colhendo entulhos, carros oficiais vagando, recolhendo corpos. Adiante do que viam, um vasto campo de morte, salpicado por pedaços de gente, formava a paisagem. O apocalipse antecipado pela insanidade humana emudecia-os. Só depois de muito, é que Vicente falou:

– Como cê tá, mano?

– Nada bem. Você está?

De novo, o silêncio.

Um dos homens do sistema aproximou-se e distribuiu comprimidos para cada um deles.

– É melhor tomarem. Ajuda a eliminar o enjoo e a suportar o trabalho de mexer com os defuntos. Agora vão. Peguem os corpos espalhados e levem para os caminhões que encontrarem.

Ayron olhou uma vez mais por toda a região. Viu um caminhão entupido de gente morta virar a esquina. Avistou outro sendo carregado. Divisou um terceiro seguir em frente levando a morte despedaçada na carroceria. Entre tantas coisas, entendeu que não tinha opção. Melhor seria acabar logo com aquilo. Então, ele e Vicente se misturaram aos outros perplexos. Como a realidade do acontecido foi um golpe duro demais, demoraram a dar início ao trabalho.

No meio da ação entre vivos e mortos, Vicente observou a inexpressão de alguns. Demorou no olhar estranho e robotizado de outros. Então, engoliu o comprimido. Droga, estimulante ou qualquer coisa, não faria diferença. Fosse o que fosse aquela drágea, seria melhor do que fazer o serviço consciente. Existem horas onde entorpecer a vida é a solução mais assertiva. Ayron, mudo e quedo, também considerou engolir o comprimido. Contudo, mesmo defronte ao horror, decidiu fazer o trabalho com a mente limpa. Já lhe bastava ser dominado pelo governo, a droga não seria também o seu comandante.

Antes de pegarem o primeiro corpo, desviaram-se, embrenharam-se, misturaram-se com pelo menos dez outros defuntos. Quando levantaram o corpo deste, parte do antebraço deslocou-se, caindo na calçada, rolando para manchas de sangue seco. Ayron vendo a cena – os olhos arregalados – deixou o morto cair, virou o rosto, teve ânsia e vomitou. Vicente, já dopado, ficou à espera, sem qualquer expressão. Dada a demora, avisou:

– Temos que levar. – Voz fria, dormente.

O companheiro não obedeceu. Vicente acabou pegando o corpo sozinho e jogou-o na carroceria. O morto rolou e deslizou entre tantos, feito um saco de arroz. Parou com metade do corpo dentro, metade do corpo fora. O caminhão, transbordando, guardava a morte em espaço muito apertado.

– *Vamo* aí, mano! – Vicente insistiu.

O companheiro obedeceu. Lançou o torpor para longe e, enfim, pegou um cadáver, depois outro, e outro. Enquanto arremessava os corpos, pensava em Taísa. Tinha medo de encontrá-la naquela miríade de ossos e carnes desfeitas. Pela lógica, porém, sabia que ela deveria estar longe, vivendo na zona para mulheres. Eles a levaram, não levaram? Ademais, poucas eram as vítimas femininas entre os mortos. Assim, juntar os pedaços dos outros sem descobri-la entre eles, deixou sua alma um pouco mais quieta.

Mas depois de limpar toda a desgraça, Ayron pensou em quanta sujeira estava por vir. A instantânea quietude morreu logo.

9

De volta ao quarto, solidão e vazio assentavam-se em tijolos e rebocos.

Com olhos fechados e o corpo aberto na cama – braços para os lados, pernas assíncronas –, a cena de todas as pessoas mutiladas lhe passava aos olhos feito desfile – passarela de horrores. Grudado ao insano, ele não conseguia dispersar as imagens, mesmo que mantivesse os olhos abertos.

Mexendo o corpo de um lado para o outro, caçou a figura do companheiro. Chamou-o:

– Vicente, Vicente!

Resposta muda.

Vicente, ainda sob os efeitos da droga, fixou-lhe olhar e, apático, viu-o como se fosse um nada. Saberia Vicente distinguir o que era gente do que era coisa? Ayron percebeu que o mais correto, embora doloroso, fosse ficar calado e deixar que o dia levasse embora a tragédia; que o ser dopado também se esvaísse, voltasse o homem normal. Mas a tragédia não ia. Quando muito, escondia-se nas entranhas do destino. Um destino rugoso, espinhoso, repleto de hiatos e abismos.

Ao fim da tarde, depois das cinco, bateram à porta. Forneceram duas caixas com latas de ração.

Uma colher, quatro vezes ao dia, diluída em água.

– Procurem economizar. Este será o alimento durante as próximas duas semanas – avisaram.

– Não iriam distribuir a comida em postos autorizados? – Ayron, curioso.

– Por causa da rebelião, gente morta pra cá e pra lá, decidiram manter as pessoas em casa. Estão distribuindo a ração nas atuais moradias por isso. Da próxima vez, irão buscá-las nos postos autorizados.

Retiraram-se. Pegaram os seus rumos e ele pegou as caixas. Latas postas para fora do papelão; copo com água cheio. De volta à mesa onde a ração se assentava, abriu uma das latas e colocou duas colheres no copo – não uma –, misturando bem. Sorveu-a em goles grandes, porém difíceis. Ruim, quase cuspiu-a. Reteve o cuspo porque, não fosse aquilo, nada mais seria. Melhor engolir o nauseabundo.

Aos poucos, também engoliu o resto do dia e já em tardio tiquetaquear da noite deitou-se, à espera de adormecer.

No meio da escuridão, Vicente acordou. Esfregando o rosto pálido, tentou reviver a aparência morta. Confuso, lembrou-se com debilidade de algumas coisas: Ayron parado num canto da rua sem fazer nada; corpos esfacelados; gente e mais gente embolada nas traseiras dos caminhões, misturada a pedaços de outros. A morte exalando o fedor, transmitindo a finitude do que somos.

Feito um tropeço nos pensamentos, a avaliação que fizera no início a respeito da benevolência do Novo Governo começou a vazar. Se sua mente seria esvaziada do bem-estar para, em seguida, fartar-se de indignações, ainda era cedo para dizer. Ainda que fisgado pela possibilidade de mudar suas avaliações, preferiu manter-se, o quanto possível, impassível.

– Ayron, Ayron! – Vicente sacudiu-lhe o corpo.

– Hum... – resmungou o companheiro. As mãos dançando nos olhos para poder abri-los. Divisando o outro, indagou: – Você está bem?

– Tou na boa.

– Que bom. Pensei que fosse ficar dopado por muito tempo ainda – comentou Ayron. – Se lembra de algo? Digo, lembra-se de tudo aquilo?

– Calma aí – Vicente interrompeu. – Uma coisa de cada vez, mano. Sem *stress*, sem *stress*. – Sentou-se na cama ao lado do outro. Olhou-o. Fez que ia responder. Não respondeu. Abaixou a cabeça – os cotovelos nos joelhos e as mãos na testa –, esperou, e, com calma, disse: – Não, cara. Não me lembro de muita coisa, não. Sei que tomei o comprimido e, de vez em quando, *umas coisa* vagam na minha cabeça. Corpos. Pedaços espalhados. Caminhões com uma porrada de mortos. São tipo *flashs*, tá ligado? Sem detalhes. Também sem nenhum sentimento. Parece um pesadelo em fase final, meio embaçado. Mas, na moral, talvez seja melhor assim. Não quero me lembrar *dessas parada*, não! E, na boa, não me conta, beleza? – Vicente respirou fundo. Finalizou rapidamente um esboço de sorriso e se agarrou, outra vez, na generosidade social: – Muito mais maneiro me ligar no lado bom da vida. E o lado bom, agora, seria comer. Tou com uma fome dos diabos! *Vamo* buscar comida?

– Não precisa. Eles trouxeram. Mas tudo o que tem é ração.

– Quer dizer que não vou precisar de todo aquele trampo pra comer? Nada dessa baboseira de lavar pratos?

– É isso aí. – Ayron concordou, não querendo concordar.

Indo pegar a ração, Vicente reavivou:

– Mano, tem uma coisa que me lembro: um estranho que vi apanhando um corpo, antes de eu tomar o comprimido. O sujeito parecia um zumbi, *véio*!

– Um morto-vivo, tal como todos os homens do sistema que vimos, que *eu* vi. E você ficou igualzinho.

– Fiquei, é? – Vicente abriu a lata de ração. Cheirou. – Bah! que porra é essa?

– Nossa comida. Só tem isso. É bom ir se acostumando.

– Puta que pariu! Fodeu!

Desprovida de cheiro e gosto apetitosos, a ração tinha o ranço como proeminência em razão de uma substância de forte sabor misturada à formulação. Nela havia de tudo. Vitaminas, aminoácidos, proteínas, carboidratos complexos, enfim, o essencial ao corpo. Os homens, afinal, precisavam de energia para trabalhar. Mas também compunha a fórmula pitadas da Nova Droga, substância que, no decorrer dos anos, aniquilaria a cognição da contrariedade, eliminaria a vontade própria e transformaria o indivíduo num ser submisso. Ignorando os ingredientes, pois não eram divulgados, Vicente encheu duas colheres, misturou com água, bateu algumas vezes e, ato contínuo, comeu o mingau. Entre colheradas, perguntou:

– Mano, diz aí, e sua namorada?

Taísa. Como deveria estar? Viva? Morta? Sofrendo? Ayron tremeu. Sofrimento correu-lhe o corpo e em segundos a respiração arquejante dominou o peito. A raiva tomou conta. Sentimentos ímprobos se romperam do interior e sua vontade vestiu-se de vingança, embora fosse pouco provável que ele tivesse remota chance de fazer algo.

– Porra, Vicente! Por que nos fizeram isso? – começou a falar. – Ao menos poderiam tê-la deixado comigo. Por que não me bateram? Fizessem qualquer coisa, qualquer... – A respiração em socos, curta. As lágrimas começando a correr. – Só queria que ela estivesse comigo – gaguejou.

Vicente aproximou-se. Pôs-se ao lado do companheiro. Os braços dando a volta nos ombros do outro. Tentou acalmar:

– Aí, fica tranquilo, relaxa, mano. Essa parada é foda mesmo!

– Não sei coisa alguma. Como ela está, onde está... – Ayron continuou. – Pegaram-na e a levaram. E o que eu fiz? Nada. Estava apavorado. Quando penso na possibilidade... penso que talvez... talvez ela estivesse no meio da multidão e... e o pior tenha acontecido, eu...

Rosto e lágrimas, um só. Então, veio o soluço. E Ayron ficou assim por minutos. Ao se recompor, Vicente perguntou?

– Sabe onde sua namorada tá, mano?

– Quando a levaram, ouvi triagem 17.

Vicente ficou contente. Os olhos brilharam e um sorriso firme tomou-lhe os lábios finos.

– Mano, se a lógica valer, sei onde ela tá.

– Do que você está falando?

– Pensa comigo. Fomos para a triagem 5 e, agora, estamos aqui na Zona 5.

– Tá querendo dizer...

– Que se a lógica valer, ela tá na Zona 17. E, mano, eu sei onde fica a Zona 17!

– Você o quê?

– Eu sei. É, eu tô ligado onde é!

– Como sabe? – Ayron ficou eufórico. – Vamos, Vicente, como conseguiu saber? Diz logo. Diz, não enrola. Vamos até lá?

– Calma aí, mano, não perde a cabeça. Não é tão fácil. Eu morava por ali, num barraco velho. Antes de sair, vi colocarem uma demarcação e a placa de identificação num conjunto de casas do governo. O *Minha casa minha dívida* virou Zona 17. Só que...

– O que foi?

– Só que a gente não pode ir, não. Na boa, entrar é impossível. Melhor dar um tempo, deixar a poeira baixar.

– Não dá pra esperar – Ayron, impaciente.

– É preciso, *véio*. Se não esperar, se a porra da poeira não abaixar um pouco, vai estragar sua única chance.

Silêncio. O olhar de um repousado na precipitação eufórica do outro. A expressão em dúvida, porém, lançou decisão correta. Ayron finalizou:

– Tem razão. Vamos esperar.

10

Dia seguinte, antes das oito, os homens foram reunidos no portão de entrada.

Alguns tinham como destino continuar a limpeza da cidade. Entulhos que construíram a desgraça ainda precisavam ser recolhidos. Prédios sem recuperação tinham que ser demolidos. Mortos esperavam ser enterrados, ou cremados. Enfim, havia muito a ser feito.

Outros iam labutar nos postos de alimentação ou em algum outro lugar determinado pelo novo sistema. E havia os que seriam enviados para jornada diária numa grande fábrica onde o Novo Governo montaria equipamentos bélicos para o próprio uso. Afinal, se países contrários resolvessem interferir, armamentos seriam a conversa diplomática – tiros, rajadas e bombas palavreadas.

Instruções classificadas liberaram os operários. Para chegarem aos seus locais, carros à disposição: vans, peruas e ônibus. Vicente e Ayron tomaram um dos veículos na esquina do conjunto. Tal como nos tanques e nos soldados, a marca do Novo Governo estampava-se na porta.

Trinta minutos depois, lugar isolado, deserto. Nada de casas, prédios. Só a fábrica. Quando desceram do carro, somaram-se aos tantos que caminhavam em fila vagarosa e aproximavam o pulso nas catracas para liberar a entrada.

Dentro da fábrica, homens do sistema fiscalizavam e ordenavam. Ayron foi levado, contra a vontade, para uma sala enorme. No fundo, uma porta de metal aberta por controle remoto. Pela porta, entrariam as monstruosas mercadorias que chegariam através de grandes aviões de carga ao pousarem numa área cercada, do lado de fora. Blocos de concreto formavam o cercado, impedindo a visão, a despeito do despovoamento na região.

Vicente, com outros, ficaria do lado extremo, longe do cercado.

A fábrica era imensa, com atividades diversas. Em uma das salas, montariam carros para o governo. Em outra, tanques de guerra. Em mais outra, armamentos, pequenas produções. Noutra, um emaranhado de coisas para uma produção complexa.

Ayron, que por enquanto só observava, assustou-se quando ouviu o som da grande porta de metal se abrir. Aos poucos, esta subiu até o teto. Um avião taxiou vagaroso e adentrou. Um homem do sistema, que fiscalizava a sala, gritou:

– Vão até aquele avião e ajudem a descarregar. Se trabalharem direito e não causarem problemas, às treze horas poderão parar e tomar suas rações.

Igual a tantos, Ayron movia-se com lerdeza e insatisfação. Passadas indecisas e vagarosas marcavam o ritmo do trabalho. Lentidão e preguiça punham-se à frente. A empilhadeira retirava a carga da aeronave, descia o volume até o solo e outros se encarregavam de transportar para áreas distintas de produção. O fiscal da sala gritava para que fossem rápidos, ordenava para que fizessem direito. Como a ordem, por várias vezes, não fora atendida, deu um ultimato:

– Se continuarem nesse ritmo, não terão almoço. Não pararão na hora determinada e ainda pedirei aos homens do governo que lhes tirem as rações dos aposentos. Ficarão sem comida durante três dias. E do jeito que estiverem, com fome, trabalharão mais duas horas além da determinada. A escolha é de vocês!

Diante da ameaça, resolveram agilizar. Aceitaram que para comer e dormir era preciso trabalhar duro e não reclamar. Escravos contemporâneos, cumprir ordens era a única coisa que tinham.

O ritmo era estafante.

Aviões pousavam de duas em duas horas, trazendo grandes peças. Os artefatos que podiam ser carregados sem a necessidade de empilhadeiras, os homens faziam o serviço. Iam, descarregavam. Iam, descarregavam. Iam.

Quando o relógio acusou uma hora, pararam. Comeram as rações. Quinze minutos depois, lá estavam novamente, pegando, empilhando, montando.

Robôs humanos, eis o que eram. O viver na fábrica se comparou às cenas do cinema. *Tempos Modernos*. Neste filme, Chaplin – cobaia humana – fora alimentado por uma máquina. Feito tetraplégico em cadeira de rodas, o personagem submete-se a braços mecânicos que levam sopa à sua boca; limpam-lhe os lábios; empurram comida; oferecem o milho (os dentes passando pela espiga igual à antiga máquina de escrever) e depois se desgovernam num eterno repetir de movimentos velozes. Tão ágil quanto a máquina, em outra cena, sob a voz de comando "*Atenção, capataz, problemas na bancada 5. Verifique aumento da produção*" Chaplin se transforma em extensão da máquina ao rosquear parafusos. O mesmo se dava com Ayron e os outros ao serem pressionados e ameaçados. Jeito não havia senão robotizar-se em mecânica ação, desertando pensamentos. Assim, esgueirando-se de demoras, o dia passou rápido. A hora de registrar o término das atividades escaneando o pulso na catraca chegou trazendo cansaço, mas também alívio.

Antes que saíssem, porém, alto-falantes sonorizaram:

– A partir de agora o tempo de cada um é livre. Depois que deixarem a fábrica, poderão ir para suas zonas, ou poderão aproveitar um pouco. Façam o que bem entenderem, mas fiquem atentos aos alarmes sonoros, pois são o toque de recolher. Quando escutarem, dirijam-se para as suas novas residências. Haverá carros governamentais espalhados em pontos da cidade. Porém, estes veículos só os levarão até suas zonas. E não se esqueçam: a liberdade não flerta com o controle, fiscalização, policiamento, menos ainda com manifestações e tumultos. Refutar ordens, contrariar as diretrizes oferecidas pelo governo só lhes garantirão uma coisa: o Tratamento Especial. Com certeza não vão querer passar por ele. Isso é tudo. Obrigado.

Em frente à fábrica, se encontraram. Ayron visualizou Vicente, acenou. Num gesto de cabeça, chamou-o. Em passadas desprovidas de simetria, frente à necessidade de desviar-se de um e outro, Vicente se aproximou.

– E daí, firmeza?

– Tudo certo.

– Como foi o dia? – quis saber Vicente.

– Me senti o próprio Chaplin em *Tempos Modernos*!

– O quê?

– Esquece. É só um filme.

– Aí, mano, *vamo* ter que esperar pra embarcar. Tem gente pra caralho!

– Muita gente e pressa nenhuma agora! – frisou Ayron.

Dez minutos de espera até que embarcassem num ônibus lotado do Novo Governo. Dentro, sacolejaram junto com rostos sofridos, expressões indignadas, cansadas. Cada vez que Ayron prestava atenção nas faces, a conclusão de que todos seriam coisificados só aumentava. Com o instante emoldurado pelo decrépito, ele teve a certeza que só lhe restava mesmo uma ação: encontrar Taísa.

Ao chegarem no centro, desembarcaram. A Zona 5 que os aguardasse para mais tarde.

Perambularam pelo centro por algum tempo. Silêncio e conversa trocando de lugar conforme a conveniência e a vontade. Quando o cansaço bateu, Vicente perguntou:

– Qual é a boa? E agora, *vamo* pra casa?

– Que tal se fôssemos para a Zona 17?

– Não sei, não, mano! Acho que cê tinha que esperar mais. A poeira não baixou ainda. – Vicente sentiu medo.

Ayron ficou surdo aos argumentos do outro. Insistiu:

– Podemos ir caminhando.

– Caminhando? Tá maluco? Não dá, mano. Daqui do centro até lá vai levar quase uma hora, ou mais, e eu tô morto, cara.

– Está certo. Não quer ir, não tem que ir. Irei só. Estou cansado também, mas tenho que ir. Me diz: como chego até lá?

– Não sei não se...

– Vamos, diz logo.

– Certo, se você quer – Vicente decidiu. – Mas se eu fosse você, não iria.

– Mas não é. Diz logo – insistiu Ayron.

E Vicente disse. Explicou amiúde como chegar.

Depois de tamanha balbúrdia, a noite emanava calma. Um e outro desprendiam-se em conversas baixinhas nas praças, em indignações reprimidas. Grupinho de dois, máximo três, caminhava à espera de encontrar adequação para o instante de descanso. Até que Ayron se afastou do centro e viu-se em passos solitários. O ar gelado revelou-se o único companheiro de sua ansiedade.

Meia hora.

Quarenta minutos.

Uma hora.

Enquanto andava, tateava lembranças: o horror de tudo o que vivera. A revolta de uns, a alegria de outros. Morte, vida, comida, trabalho. A conjunção destes elementos a orquestrar o presente-futuro. O que seria? O homem, ser original, existiria? Ou a nova sociedade seria feita de autômatos? Conclusões não encontravam caminhos junto aos passos. Assim, imerso num divagar sem respostas, passada uma hora e dez de caminhada, chegou.

Conjunto grande. Guarita de segurança. Casas espalhadas ao fundo.

Discreto, à espera de transmitir naturalidade, Ayron se aproximou.

– Pois não? – perguntou um dos três oficiais da guarita.

– Bem... eu... é – gaguejou. – Eu vim fazer uma visita. Tenho tempo até o toque de recolher.

– Visita? Tem autorização?

Ayron, mudou, deu espaço para o outro enfatizar:

– É, autorização. Só pode visitar se o governo autorizar.

– Não, não tenho – respondeu Ayron. E titubeou: Mas será que...

– Impossível. Não dá. Além de não ter a autorização, aqui só é permitido mulher.

– Senhor... – Ayron procurou brecha de persuasão. A mente em turbilhão. Os olhos lutando para cegar o medo. – Falei com uma moradora. Ela... ela me disse que eu poderia entrar.

– Olha aqui. Eu já disse: as mulheres não têm autorização para saírem, por enquanto. E você não tem autorização para entrar. Então, é impossível ter falado com alguma delas. Portanto, acho melhor ir dando o fora!

Não pensou duas vezes. Para o toque de recolher, pouco tempo: uma hora, talvez mais. De qualquer maneira, até o centro, a caminhada seria longa, sofrida. O cansaço poderia esticar ainda mais o prazo previsto. Do centro até a Zona 5, mais vinte, trinta minutos. Apertado. Muito apertado. Às favas com o cansaço! Ao dobrar a esquina ele reteve a fadiga e iniciou rápida caminhada. Na verdade, houve um instante em que começou a correr. Esforçou-se até as pernas bambearem. Intercalou caminhada e sofreguidão com árdua corrida, mas foi, pernada após pernada. Quando a adrenalina deu lugar ao raciocínio, percebeu que já estava a algumas quadras do centro. Extenuado, quase à beira do corpo desfalecer, avistou homens vindo em sua direção. Atarantado, não sabia se corria, se ficava. Tempo para decidir não houve.

– Sabe que horas são? – perguntou um dos homens.

– Não, não sei – Ayron deixou escapar expressão confusa.

– Faltam dez minutos para o toque de recolher.

– Eu... eu estava dando uma volta e me perdi no tempo. Mas já estou indo, estou indo.

– Para onde vai?

– Para a Zona 5.

– Certo. São dez, quinze minutos para chegar até lá. Tem um carro do governo ali na esquina. Entra nele e se manda.

Encostando a cabeça no banco, o coração ainda acelerado, pediu para o motorista ir o mais rápido possível. Quando chegou, cinco minutos já havia invadido o horário estabelecido. Será que revistaram os quartos? Será que, nesta altura, seu destino estava sendo traçado na mente dos moribundos do governo?

Quando passou pelo portão de entrada, dois fiscais o abordaram.

– Tá atrasado!

– Me desculpe. Me perdi no horário.

– Por hoje, passa. Temos uma tolerância. Mas que não se repita! Pode ir.

Desconfiado, antes de entrar no quarto, Ayron hesitou. Abriu a porta com o sentimento fechado na ansiedade. Vasculhou o espaço à procura de desconhecidos. Em aparência, tudo normal. Decifrou Vicente jogado na cama, dormindo um sono pesado.

– Vicente, Vicente! – resolveu acordar o companheiro.

– Qual foi?

– Já vieram revistar?

– Não, acho que não. Se tivessem vindo, eu teria acordado, parceiro.

– Que bom!

– E daí, o que rolou? – Vicente sentou-se na cama.

– Não consegui vê-la, nem saber se estava ou não lá.

– Por quê?

– Não me deixaram entrar. Conforme você disse, lá só tem mulheres, homens não podem entrar. Além disso, é preciso autorização do governo.

– Que caralho! – resmungou Vicente, desolado.

– O pior é que quase não consegui voltar!

– Porra, conta aí!

Antes que ele contasse, batidas à porta.

– Vistoria! – alguém disse.

Eram quatro. Entraram como se prisioneiros ali dividissem o espaço. Foram examinando cada milímetro. Esmiuçaram banheiro, cama, guarda-roupa. Vasculharam rebocos, cantos das paredes. Antes de saírem, fitaram os dois. Pararam em Ayron por tempo além da conta. Olhos assustados e delituosos lhe esboçavam a inesperada expressão. Achou que uma enxurrada de perguntas seria lançada em sua direção, lhe ferindo os ouvidos, confundindo-lhe a mente. Perdigotos indagadores não vieram. Que bom! Os homens se foram em silêncio.

Recuperado do susto, Ayron comeu a ração e contou sobre a difícil volta para casa. Depois, foi dormir.

De manhã, sabiam das obrigações. Despertados às sete por sirenes externas, alimentaram-se e seguiram para a fábrica.

À noite, Ayron não pensou em voltar para a Zona 17. Em casa, queria planejar um modo de entrar lá.

– Então, o que acha? O que eu poderia fazer para entrar?

– Calma, mano, tô pensando!

– Não deve ser tão difícil para você, Vicente. Você mesmo contou que roubava lojas!

– Foi. Mas faz tempo. E... – Vicente coçando a cabeça. O olhar meio descuidado, fitando qualquer coisa, menos o outro. – Essa parada não é como assaltar lojas.

– Tem que haver um jeito.

– Isso tem. *Vamo* achar. Não sei qual. Só sei que essa história de autorização não vai rolar!

– Imagine se o governo vai emitir qualquer autorização agora! O sistema mal foi implantado. Só se eu fosse idiota para considerar essa possibilidade.

Durante muito tempo, os pensamentos de ambos se mesclaram em concordâncias e embates. Vicente, puxando pela memória a marginalidade já vivida, procurava uma solução. A solução não vinha. Feito barata tonta, Ayron circulava ansioso, os olhos no chão, a mente em órbita.

A gênese da ideia veio de Vicente:

– Mano... – começou. – E se a gente pegasse um dos fiscais da Zona 17? Podíamos forçar o cara, fazer ele *dá a fita pra nóis* na marra!

– Fita do quê?

– Sua namorada, caralho! A gente pega o cara. Ele confirma se ela tá lá ou não. Se tiver, arrancamos dele o jeito de entrar e que horas. Não acha uma boa?

– Não sei, não. Estão dopados. Morrem, mas não falam.

– Ah, falam! Garanto que falam! – Vicente bolava a ação. – A gente não trabalha aos domingos, certo, mano?

– Certo.

– Então, pegamos o cara no domingo!

– Espera aí… – Ayron quis interromper.

– Vai por mim. – Vicente chegou perto do outro. – A gente vai até lá no domingo. Estuda o lugar. Todos os movimentos, a hora que trocam os fiscais e qual o melhor lugar para *pegá* um dos caras.

– Tá. Mas só temos tempo até às seis. O toque de recolher aos domingos é mais cedo.

– Firmeza. Isso não é problema.

– Não sei, Vicente. E se os caras nos pegarem observando?

– E daí? Então ninguém mais pode andar pelas ruas e ficar olhando *os lugar*, *véio*?

Ayron sentiu vontade de dizer que os direitos haviam acabado. Qualquer direito. Mas não disse.

– Isso é diferente. Não sei não…

– Mano, não podemos entrar. Mas podemos olhar, caralho! A gente toma cuidado.

– Muito frágil, Vicente. Esse plano tá muito frágil.

– Tem um melhor?

No limiar da irracionalidade, a razão tentou agarrar-se a esta única possibilidade que haviam encontrado.

– É a sua namorada, não é? – fortaleceu Vicente.

– Está bem. Iremos no domingo.

11

Muita gente a caminhar no domingo, nada para fazer. O centro, depois das dez da manhã, ficou cheio. Homens indo, vindo. Mulheres em minoria. A maioria ainda permanecia nas zonas específicas. Mesmo assim, era bom ver que elas transitavam por ali, fazia parecer que a vida domingueira se sustentava na normalidade dos pretéritos dias em que o Novo Governo nem existia.

Do centro, seguiram em passos cadenciados pela divagação. Chegaram com certa tranquilidade, a despeito da descomedida velocidade dentro do peito. Prostraram-se nas laterais de uma casa, numa esquina próxima da Zona 17. Lá ficaram, certos da ocultação.

Trinta minutos. Uma hora. Duas horas de observação atenta até que se foram. Iam sem carregar informação substancial alguma. Resultado: teriam que voltar na semana seguinte.

No segundo domingo, levantaram da cama num tempo só. Juntos, tomaram a ração, mastigaram preocupações e se foram. Um carro que servia o governo levou-os até o centro. Do centro, novamente, seguiram a pé. Onze da manhã quando chegaram. Receosos da proximidade, salvaguardaram-se no mesmo lugar anterior. Por algum tempo, a observação de Ayron concentrou-se nas mulheres e meninas que andavam de um lado para outro dentro do conjunto. Conversas silenciosas faziam parecer a ele que fitava bonecas ventríloquas. De todo modo, quem as visse, poderia dizer tratar-se de uma grande família aproveitando o domingo ensolarado. De longe, ali dentro a vida parecia boa. Atento, Ayron procurava por Taísa quando Vicente o advertiu:

– Tem que prestar atenção *nos guarda*, mano, não nas mulheres.

– Certo, certo. Só estou um pouco ansioso.

Voltaram atenção aos fiscais. Olhos estáticos nos movimentos da guarita, a dupla igualava-se a soldados. Ou policiais. Dessa vez, estavam certos de que a observação os faria vencedores.

Mas eles perderam!

– O que fazem aqui? – perguntou um dos homens do sistema.

– Nós...

Ayron engoliu a resposta pela metade. Vicente, mais esperto do que o outro, interveio para que o amigo não falasse besteira:

– *Tamo* só olhando. Não leva a mal, não, autoridade.

– E estão olhando o quê? Não tem nada pra vocês aqui.

– Pô, *tamo* olhando *as mina* – disse Vicente. E tentou brincar: – O senhor curte mulher, não curte? Sabe do que a gente tá falando, né? Pô, esse negócio de separar mulher de homem tá foda. Qual é, se querem fazer controle de natalidade, por que não distribuíram *camisinha*? Seria melhor, tá ligado?

– Não estou ligado em nada. Só sei que não podem ficar parados aqui.

– Se é assim, na boa, a gente tá indo então. – Vicente, com leve sorriso nos lábios.

– Pensando bem, é melhor me acompanharem! – impôs o homem do sistema.

– Acompanhar? Pra onde vai levar a gente?

Os olhos do homem desviaram-se para a guarita. Certamente, procuravam pelo apoio de outro companheiro. Contudo, ele não foi notado. Nenhum dos três foi. Mesmo assim, Vicente teve a certeza: o homem era da Zona 17.

Aproveitando o descuido visual do sujeito, Vicente lhe cabeceou a testa. Olhos arregalados estacaram-se em Vicente. O homem, titubeante, tentava entender o acontecido, mas antes que a mente processasse a realidade, o corpo tombou, mole pela pancada. A fim de prolongar o desmaio do outro, Vicente lhe esmurrou a cabeça mais vezes.

Ayron segurou-o e, embebido por certo pavor, questionou:

– Que porra você fez!?

– *Nóis* não tinha combinado de pegar um deles?

– Caralho, e agora?

– Agora *temo* que levar ele, mano. Se a gente deixar o cara aqui, *vai dar ruim*! Cê acha que vão demorar quanto tempo para descobrir o que a gente fez?

Ayron tonteou os passos. Em círculos, levou as mãos à cabeça. Resmungou:

– Porra! Porra! Porra! Fodeu, cara! Fodeu! Para onde vamos levá-lo?

– Calma aí, mano!

– Calma o caralho. Como é que vamos levar o cara? Não dá simplesmente para colocar o sujeito nos ombros e sair por aí! E mais: se outro alguém do sistema parar a gente, que merda de história vamos inventar?

– Era no que eu tava pensando – respondeu Vicente. – Na boa, não sei, não. Mas sei como levar o cara!

Arrastaram o homem para um lugar mais encoberto. Vicente trocou a roupa que usava pela indumentária do outro. Folgada para ele. Apertada para o segundo. Ainda assim, poderia dar certo.

– Aí, agora, o guarda do sistema sou eu. Aqui, o seu companheiro! – Vicente apontou para o desfalecido. – *Vamo* para casa!

– Hein?

– Não *temo* opção. Vai por mim, não vai ser difícil entrar.

– E se... e se te reconhecerem? Souberem que um é outro e o outro é um?

– Na boa, não vão saber. Na Zona 5 *os cara controla* entrada e saída, eu sei, mas ainda sem um esquema eletrônico. Não estão preparados pra ler o nosso chip ainda. Além disso, lá na guarita, são mais porteiros do que guardas.

– Não sei...

– Mas eu sei. *Vamo* logo, caralho!

Levantaram-no. Cada um segurou de um lado. Esgueirando-se de olhares indesejados, chegaram rápido a um dos carros do governo, não tão distante donde estavam. Vicente fechou a face. Petrificou o olhar. Enrijeceu a fala. Testou persuasão:

– Este aqui desacatou ordens. Até que o governo decida o que fazer, *vamo* levar o cara para a Zona 5!

Persuasão vitoriosa. Entraram no veículo e seguiram o destino. Na estrada da mente, Vicente declamava baixinho, quase rezava, para que o moribundo não acordasse.

E não acordou. Na Zona 5, a farda e a fala foram convincentes. Na portaria, Vicente apenas avisou:

– Só vou levar o cara pra dentro. Depois o governo decide o que fazer com ele.

– O que foi isso? – questionou um dos porteiros.

– Desacato. Mas, como pode ver, tá tudo resolvido! – Vicente apontou para o rosto machucado do homem.

– Tá certo. Pode levar. Se precisar de alguma coisa, avise.

Entraram no quarto. Ayron jogou o desfalecido na cama. Em seguida, inalaram o silêncio. A respiração profunda trouxe alívio. Finalmente, haviam conseguido.

– Por que será que não acordou? – apontou para o corpo. – Isso não é normal, Vicente. Como é que alguém pode ficar tanto tempo desmaiado?

– Sei lá, mano. Sei que bati muito no cara. Vai ver tem alguma ligação com a droga dentro do corpo. Quando tomei aquele comprimido, tá lembrado? Pô, *véio*, a coisa não é brincadeira não. Pior que crack. Aquela porra deve acabar com os *miolo* da gente. Se a pancada ajudou ainda mais para enfraquecer com os *miolo* dele, melhor. O importante é que deu certo.

– O que vamos fazer agora?

– Tenho que vazar.

Vicente desvestiu o traje do guarda. Vestiu uma roupa normal, leve. Em seguida, por cima da roupa de civil, novamente trajou-se como se fosse do sistema. Explicou:

– Tenho que passar de volta pela guarita. Saio pra rua. Me livro dessa farda e volto na boa, como se voltasse de uma bela manhã de domingo no centro, tá ligado? Enquanto isso, cê amarra e amordaça o cara, pra quando ele acordar não dar merda.

– Vão te reconhecer na volta.

– Relaxa. Vou esperar a troca da guarda, que vai ser às duas da tarde. Enquanto isso, faz o que te falei.

– Amarrar e amordaçar – repetiu Ayron.

Antes que Vicente cruzasse a porta, o companheiro perguntou:

– E se vierem fazer a vistoria?

– Desencana. Só virão à noite. E, com sorte, nem virão!

Vicente fechou a porta. Firme, caminhou até a portaria. Com um aceno de mão, cruzou tranquilo em direção à rua. Quadras próximas – beco escondido – se desfez da farda. Voltou para a Zona 5 quando houve a troca de pessoal na portaria. Vestindo a mesma tranquilidade com que havia saído, entrou sem problema algum.

No quarto, Ayron havia encontrado uma pequena toalha de rosto, embolado e enfiado na boca do desfalecido. Em seguida, pedaços compridos de lençol rasgado serviram para amordaçá-lo. Mãos e pés foram presos numa cadeira com o mesmo tecido. Quando Vicente voltou, o homem, amarrado, ainda estava desfalecido. Entrou ele, entrou um elogio:

– Belo serviço, mano! E esse filho da puta não acordou ainda? Caralho! Tá morto?

– Ah, que bom! Você conseguiu. E eu também. – Ayron apontou para o desfalecido. – Bom, está feito. E o cara não acordou. Está vivo, mas não acordou. Estranho, não acha? Muito estranho. Não faz sentido. Deveria ter acordado há tempos. E agora?

– Sei lá. Não sei mesmo o que tá pegando. Mas *vamo* esperar, já que o cara tá respirando. Temos que esperar. Pode ser o efeito da droga, já te falei. Ele deve tá drogado. O efeito da droga tem que passar.

– E como convencer o filho da puta a falar?

– Quando ele acordar, a gente vê, mano. Ou fala por bem, ou fala por mal.

Ayron foi até a mesa.

– Quer ração?

– Opa, já é – respondeu Vicente. E completou baixinho pra si: – Ou fala por bem, ou por mal.

Após tomarem a ração, descansaram. Perto das quatro, o agente do sistema acordou. Olhos esbugalhados, corpo preso na cadeira, parecia mesmo um morto-vivo. Esperando que o efeito da droga se esvaísse, só por volta das cinco é que Ayron e Vicente tomaram a iniciativa:

– Aí, papo reto contigo autoridade, tá a fim de colaborar com a gente? – perguntou Vicente, em sussurro.

O sujeito permaneceu estático. Boca tapada.

– Ainda deve estar dopado – comentou Ayron.

– Mas vai falar. Vai falar.

Vicente foi até a cozinha. Pegou uma faca, inútil para a alimentação fornecida, mas útil para o momento. Voltou. Os olhos brilharam na lâmina.

– Se gritar, te mato!

O coração, de repente assustado, reclamou em arritmia, pois na verdade não queria fazer mal. Mas não era hora para fraquezas. Livrou a boca do homem, apertou a faca na garganta e foi duro:

– Pode começar a perguntar, parceiro. – Vicente olhou para Ayron. – A cada negativa do cara, faço um talho.

Nervoso – frio na barriga –, Ayron sentia medo de o outro transpor limites. Gaguejando, pensava em como iniciar indagações.

– Está... tá bem. Eu...eu...

Então parou.

Murmúrios.

Passos do lado de fora fizeram o seu coração disparar ainda mais. Tanto ele quanto Vicente esperaram. Um minuto. Dois. Mais passos. Talvez fosse melhor adiar a ação. À noite, ambos concluíram, decerto fosse mais adequado arrancar uma confissão, pois nesse horário não haveria transeuntes do lado de fora para escutar o indevido.

E logo a noite sibilou – o céu reverberando com o toque de recolher.

Ayron fixou-se em Vicente. Agitado, andou de um lado para o outro. Sentou, levantou. Tornou a sentar.

Passou as mãos pelo rosto e expressou o repentino pavor:

– Onde vamos deixar o cara? Meu Deus! Onde vamos deixar o cara, Vicente?

– Do que cê tá falando, caralho!

– Logo aparecerão os fiscais do sistema para fazer a vistoria. Falamos vagamente disso e nem pensamos em como fazer para esconder esse merda!

Sim, haviam comentado vagamente sobre a possibilidade de homens do sistema baterem à porta. Mas, de fato, naquele breve comentário, Vicente não considerou o fato como um sério problema. Ou, pelo menos para Ayron, demonstrou que não fosse. Agora, o toque de recolher soou feito um *jab* direto no queixo. Vicente também se apavorou.

– Porra!

Amarrado, o agente era só ouvidos. Os olhos – antes estáticos – ganharam um brilho novo e, amordaçado, ele até pareceu sorrir.

– Faça alguma coisa! – gritou Ayron. E tornou a gritar: – Faça alguma coisa!

– Fazer o quê, porra? O que quer que eu faça? Cê tá me deixando nervoso, caralho!

Exaltados, debateram-se no pequeno quarto.

– Não dá para levar o cara para a rua? – perguntou Ayron.

– Não dá. Como é que *vamo* passar com ele pela guarita?

– Nós entramos com ele!

– Isso foi antes, porra! Não tenho mais a roupa. Não dá.

– E se tentarmos o muro?

– Alto demais. Desencana.

Vicente voltou a estontear-se em passos angustiados. Ayron também. Até que foi afetado por uma possibilidade:

– Vicente! Vicente!

– Diz aí.

– O que é aquilo lá em cima?

– Aonde?

– Perto do banheiro, no teto.

– Parece... aquela merda é um alçapão, né?

Começaram a rir. O sorriso estendeu-se em abraços.

– Certo. É isso – Ayron largou o outro. – Agora, vamos colocar o cara lá em cima.

Aproximou-se do agente e bateu-lhe com o punho fechado no centro da testa. O homem desmaiou. Ayron falou para o desacordado:

– Fica quietinho. E não vá recuperar os sentidos antes da hora!

Vicente sorriu da atitude do companheiro. Até que era bom um átimo de descontração.

Rapidamente ele e Vicente colocaram o homem no forro, não sem desajeitado esforço. Depois de dois minutos, ficaram à espera do pessoal do sistema.

12

Deitado, Ayron prendia-se em pensamentos: o aviso do Novo Governo; os caminhões de caixões desfilando a morte; o medo no casarão escuro e velho quando atiraram; a coisificação na fábrica; o abominável contemplar de mutilados nas ruas – prédios aos cacos. Acreditar que tudo acontecera em tão pouco tempo, quase não acreditava. Não obstante, onde sobra horror, resta esperança. E quando assim pensava, o desalento enfraquecia. Fortalecia dentro dele o sentido maior, tônico para afrontar atrocidades: Taísa.

De repente, a mente no exercício de zapear acontecimentos foi interrompida por pancadas à porta.

– Abra você – pediu Ayron.

– Eu não, você – negou-se Vicente.

Nenhum foi. Bateram outra vez.

A contragosto – corpo todo vestido de ansiedade – Ayron levantou-se e tomou a atitude.

Entraram brutos, violentos. Mãos invasoras mexendo em tudo. Estariam desconfiados? Ayron e Vicente ficaram num canto. Os olhos medonhos, observando.

Um deles foi até o banheiro. Olhou o que tinha e não tinha para ver. Abriu o armário, a privada. Afastou a toalha. Correu a vista pelos azulejos e finalmente fixou-se no teto.

Não! Não! Por favor, não! A clemência, a um passo da reza, por pouco não permitiu a Ayron se deixar flagrar em medo quase incontido.

Em tremor disfarçado, Vicente roía unhas.

Os homens do sistema entreolharam-se. Fiscalizariam, não fiscalizariam? Não fiscalizaram. Descaso ou simples acaso situacional? Talvez, à luz da análise dos guardas, nada lá poderia representar ameaça. Enfim, não importa. Importa é que saíram. Vicente e Ayron entraram em alívio; sorriam, largaram-se na cama e no chão. Por tempo impreciso, talvez quinze minutos, silenciaram-se no abrandamento e, depois, reanimaram o problema que tinham para resolver.

No meio da noite, barulho vindo de cima. O homem havia acordado, só podia. Abriram o forro.

Empoleirado na mesa, Ayron colocou o rosto para ver o sujeito. Levou um coice no queixo com tal força que despencou. Vicente, assustado, ajudou-o a levantar-se. Perguntou:

– Tudo bem?

O companheiro fez que sim.

– Subo com você e a gente pega esse filho da puta – encorajou Vicente.

Subiram.

Juntos, seguraram os pés do homem e puxaram-no para fora. Os três despencaram. A queda ferindo o silêncio, machucando os ouvidos e os corpos.

– Caralho! – resmungou Vicente, já no ato de se ajeitar.

Depois de se arranjar, ajudou a segurar o outro que se debatia. Arrastaram-no para um canto do banheiro. Pressionando o homem contra o azulejo, Ayron perguntou, furioso:

– Vai colaborar?

Esperneando, o homem do sistema não concordou.

Descontrolado, Ayron largou-o. Levantou-se, ajustou distâncias e chutou-lhe partes todas: canelas, coxa, saco. Sobraram pisadas no peito e rosto. Vicente só olhando, surpreso que estava. Quem diria que o parceiro fosse capaz daquilo? É, as coisas estavam mudando. E ainda ficou mais surpreso quando o viu pegar o homem pelos cabelos e enfiar-lhe a cabeça dentro do vaso e dar descarga.

– Isso, afoga o filho da puta na merda! – Vicente, agora em delírio.

Perto de perder os sentidos, o homem debatia-se, forçava o rosto em busca de ar. Quando a cabeça saiu do bacio, mijo e merda salpicavam-lhe a face.

– Então, vai colaborar? – insistiu Ayron.

O homem negou-se novamente, apesar do sofrimento.

– Vicente, pega a faca!

– Não grita, caralho! *Vamo* acordar todo mundo daqui a pouco!

– Pega logo a merda da faca! – Desta vez, Ayron baixou o tom.

Vicente trouxe a faca. Ayron, como se experiência no assunto lhe sobrasse, virou o homem de costas. Faca em punho, rasgou a calça da vítima e aproximou a lâmina.

– Enfio a faca no seu rabo – avisou, cético.

Foi cômico. Não era para ser, mas foi. Vicente sorriu com discrição. Nunca vira cena igual na vida, nem no cinema. Ameaçar de enfiar uma faca no rabo! Que amadorismo, santo Deus! Mas funcionou.

O homem demonstrou medo. Suava em bicas. Se pelo medo ou se resultado da abstinência, os dois não sabiam. De todo modo, o sujeito balançou a cabeça várias vezes querendo dizer que iria colaborar. Ayron afastou-se. Desamarrou a mordaça e, rápido para a vítima não gritar, encostou a faca entre seus olhos.

– Onde está minha namorada? Seu nome é Taísa – completou.

Entre gritar ou responder, o homem ficou irresoluto. O suor correndo-lhe pela face. As pernas trêmulas. O cheiro de esgoto entrando pelo nariz.

– Então, você a conhece? Sabe onde está? Enfio a faca entre seus olhos, se não contar. Vocês, do Novo Governo, sabem tudo.

Espera. Homem medroso. Vicente Ansioso. Ayron furioso.

– Como é que eu vou saber, caralho?!

Ayron forçou a faca. Riscou a pele.

– Está certo, eu falo. Não me mate. Não sou culpado. São eles. Todo o Novo Governo. Todo mundo faz o que ele quer, por causa da droga. Ou por medo do Tratamento Especial. Não me entende? Não é minha culpa. O Tratamento Especial... a droga... Os efeitos são horríveis. Já vi homem apodrecer sem a droga. Tudo rápido demais. Quase instantâneo, se a dose for grande. Já vi muita coisa.

– Já chega. Viu minha garota?

– Se eu contar, não me mata?

Ayron meneou a cabeça. Afirmação movimentando a incerteza. Ou a certeza. Afinal, depois de tudo, como deixá-lo viver? Mesmo assim, disse:

– Tem a minha palavra!

– Pelo nome, não sei. Não guardamos na memória. Lá na Zona 17 o sistema de reconhecimento ainda não foi instalado. E existem muitas mulheres. Tem foto dela?

Tinha. Não precisava mais de documentos, já que a vida fora registrada em chip no pulso. A foto dela, contudo, não lhe havia sido tomada.

– É, sei quem é. Está mesmo na Zona 17, mas não será fácil entrar. Sem autorização, pelo menos por enquanto, não é possível. A não ser que...

– A não ser?

– A não ser que consiga estar lá às três da madrugada. É o horário que se troca a guarda noturna e que a droga é distribuída. A droga distrai, deixa o pessoal alvoroçado. Bom, essa ação deve demorar uns dez, quinze minutos no máximo. A casa onde ela está é a 133. Mora com outra mulher e uma criança. Se fizer barulho, te encontram. Se elas se assustarem com sua presença, te encontram. Se demorar mais do que o tempo que te falei para chegar até a casa 133, te encontram.

– Tá certo. Basta! – Ayron levantou-se. Falou para Vicente: – Vamos amordaçar o cara de novo. Perto do amanhecer, o colocamos no forro outra vez.

Antes de o homem se queixar, a boca não podia mais expressar palavras.

Com o nascer do sol, a vida do guarda voltou a escurecer no forro. Com a obrigação na fábrica acorrentando os passos de Ayron e Vicente, fecharam a porta e, sem outra alternativa, teriam que carregar a preocupação e a ansiedade para a jornada de trabalho.

No serviço, tédio, cansaço e subserviência. Na folga do almoço, Ayron perguntou ao companheiro:

– O que vamos fazer com o cara? Não podemos deixá-lo no forro.

– Eu sei. – Vicente, pensativo. – Pô, *vamo* levar o cara para as grutas de Colombo?

Ayron não pareceu surpreso.

– Como vamos levá-lo? Você mesmo disse que não temos mais como tirar o cara de lá. Não vamos conseguir sair com ele.

– Foi mal, mano. É verdade. Mas *nóis* vai achar um jeito, cê vai ver – Vicente finalizou.

À noite, chegaram em casa mais preocupados do que antes. Andaram de um lado para o outro à espera da ideia que não deu o ar da graça. Quando o toque de recolher retumbou a temerosa realidade, os companheiros ainda não sabiam que atitude tomar.

Uma hora se passara, e não houve vistoria. Duas horas e nada. Deita. Levanta. Conversa. Cala. Eram quase imbecis nas interlocuções espaçadas, nas tentativas de fazer o tempo correr, ou parar de vez. Perto da meia-noite, enfim, os guardas do sistema apareceram. Entraram aos brados, destes brados que são clamores sem palavras. Com gritos no olhar, não na fala, vasculharam tudo. Remexeram na intimidade de cada um, mas não revistaram o forro.

Quando os homens se foram, Ayron e Vicente pegaram o amarrado lá de cima. Quando o homem estava fora, caído, teve algo parecido com um ataque epilético. Debatendo-se, tendo espasmos, fazia muito barulho. Preocupado, Vicente indagou:

– Por que esse cara tá assim?

– E eu que vou saber? Não sou médico, porra!

– Deve ser abstinência – concluiu Vicente.

– Faça alguma coisa, me ajuda aqui, porra! – Ayron pediu, agachado, as mãos tentando segurar aquele que se debatia.

Vicente girou três vezes no próprio eixo. Pegou a lata de ração e bateu com o canto fino do alumínio na nuca do homem.

Pronto. Estava feito. Parou a tremedeira. Parou o barulho. Parou a respiração!

E jorrou um pouco de sangue!

– Caralho, será que matei o cara?

– Porra, Vicente! Porra! E agora, o que vamos fazer? Perdido, a mente em confusão, Ayron começou a andar, estonteado.

– Se descobrirem, estamos perdidos. Vão nos levar para o Tratamento Especial. Merda, merda!

– Por que não bati mais devagar? Foi mal, mano. Eu não...

– Fica quieto, Vicente! Confere aí se o cara morreu mesmo!

Vicente abaixou-se, tentou sentir o ar escapar pelas narinas. Nada. Ele apenas voltou os olhos para o parceiro e fez sinal negativo com a cabeça.

– Vamos colocá-lo de novo lá no forro. É o único jeito – Ayron disse. – Pelo menos, por enquanto.

– Mas... mas se ele feder?

– Se ele feder, Vicente, a catinga da morte vai selar nosso destino.

Então, eles respiraram fundo.

13

Duas noites.

Neste período, o sistema fizera novas vistorias sem nada encontrar.

Calados, os companheiros não dormiam. Nas mentes, uma obsessão: o morto. Com os olhos pregados no teto, Ayron achou que Vicente poderia ter tido mais cuidado. Cedo ou tarde, a solução teria surgido. Todavia, no forro, o defunto. E agora não poderiam andar com um morto por aí. Talvez no domingo...

Mas a carniça não respeita domingo. Até lá, o corpo poderia estar apodrecendo.

Vicente antecipou o futuro e insistiu em observação feita anteriormente:

– E se o cara começar a apodrecer? Feder?

– Como vamos saber? Talvez não apodreça.

– Deixa de ser mané. Vai apodrecer, vai feder. O cheiro da carniça vai ser foda. A tampa do forro não vai aguentar. Logo, tudo aqui vai cheirar mal. Vai ser foda! Foda!

– Acharemos uma solução.

– Que solução, mano?

– Não sei. Você é o esperto aqui, não eu. Vamos esperar.

– Esperar? – Vicente, perturbado. – Como assim? A gente não pode...

– Calma, Vicente! Por ora, não tem outra coisa. Não mesmo.

Os papéis inverteram-se. Agora, o pedido de calma partia de Ayron.

E ficaram quietos.

Quietos, tentavam dormir. O sono, entretanto, era um sono estafado, sem sabor. Quase um pesadelo, assaltados que eram pelos sustos a cada barulho, a cada acontecido que os fazia pensar que homens do sistema entrariam. Pela manhã, surpresos, levantaram-se junto com os receios, pois os homens não apareceram. Até então, todas as noites haviam entrado, vistoriado. Coisa estranha isso de não aparecer ter acontecido. Será que já sabiam do corpo e apenas aguardavam a hora de enviá-los para o Tratamento Especial? Se assim fosse, explicaria não terem revistado na noite anterior. Por outro lado, podiam apenas não ter vindo pelo simples motivo de não comparecer, só isso. Simples assim. Os companheiros, um pouco aliviados, acreditaram nesta possibilidade. E a vida seguiu. A rotina do trabalho voltou a se alinhavar no cotidiano. E o dia de trabalho duro passou rápido. Quando voltaram para o quarto, a vistoria fora feita quase que imediatamente. Calados – o medo percorrendo o corpo – viam os homens mexer em tudo. Quando já quase iam, o medo aumentou.

– Não acha melhor darmos uma olhada? – disse um dos que fazia a vistoria apontando para o forro.

O coração de Vicente disparou.

Ayron transfigurou-se em boca seca e tremor nas mãos. O que fazer? Pensou em se atirar sobre os homens, desarmá-los. Fazer deles companhia para o morto. Nada fizeram. Nem ele, nem Vicente sequer se moveram. Os olhos esbugalhados apenas observavam, esperando a descoberta.

Um dos homens puxou a mesa e subiu. Quando foi abrir o forro, chegou o aviso pelo rádio: "compareçam à portaria".

– Deixa pra depois. Parece que temos encrenca lá no portão.

O homem deixou. Para o alívio mascarado de Ayron e Vicente, não voltaram depois.

No meio da madrugada, Ayron colocou o jeans velho, calçou os sapatos e foi sair. Vicente interrompeu:

– O que tá rolando? Vai pra onde?

– Ver Taísa.

– Tá maluco, mano? Vai sair e me deixar sozinho com o morto aqui em cima? – Vicente apontou para o forro.

– Tenha calma. Não voltarão mais hoje. E depois, a garota é minha. É melhor não se envolver mais.

– Porra, não me envolver? Tá me *zuando*? Tem um morto aqui, tá ligado?

Ayron aproximou-se do companheiro. Já o sentia como amigo. No fundo, não queria que nada de mal acontecesse. Pegou-lhe nos ombros. Aconselhou:

– Não vamos cometer outro erro, está bem? É melhor que você fique – completou.

Sem deixar Vicente responder, saiu.

Misturou-se com a noite e, sempre atento, esgueirou-se até os fundos do seu conjunto. No meio do caminho, bateu o joelho numa estaca. Abafou o grito e, por um momento, segurando a perna que doía, lembrou que, nas histórias inventadas, os heróis nunca se machucavam por coisas bobas. Na verdade, sequer se machucavam. É, a realidade guardava muito mais surpresas.

Agachado, certificou-se de que ninguém estava por perto e levantou-se. Tão rápido quanto pôde, qual um gato, agarrou-se na borda do muro e saltou para o outro lado. Mancando, correu escuridão adentro. Imerso na noite, ele era a sombra que corria – destino que não se vê. Os pulmões estavam cansados. A respiração descompassada. O joelho ainda doendo. Mas não se entregou. Até quanto pôde, correu, correu, correu. Parou antes de chegar porque não aguentava mais. Por quinze minutos, oculto entre pilares e escuridão, descansou. Depois, dando-se conta de que estava próximo da Zona 17 e que não poderia desistir, continuou. Passado tanto suor e cansaço, chegou. Escondeu-se atrás de um pilar, num edifício à frente do conjunto. Dois homens circulavam pelo portão da frente e dois pela lateral. Donde estava, ficou esperando até que, às três da manhã, foram trocar a guarda.

Correu até o muro lateral do conjunto e saltou. Como só tinha quinze minutos para entrar e sair, foi rápido. Entre as casas, procurou a da namorada. Quando finalmente encontrou o número 133, bateu com ansiedade. Suzi, a outra mulher, levantou-se resmungando:

– Que merda! Já fizeram a vistoria, o que querem de novo?

Ao entrar, Ayron viu Taísa dormindo. Por um momento, ficou parado, olhos vidrados no corpo da amada. Ela parecia bem, apesar de tudo. Noutra cama, uma criança sonhando, filho ou filha de Suzi, não divisou com certeza.

– O que quer? Já fizeram a vistoria. Como é que vai entrando e...

Ayron a ignorou. Entrou e aproximou-se da cama. Suzi quase gritou:

– Não toque nela!

Com o barulho, Taísa acordou, mas pareceu entrar num sonho. Não acreditava que bem ali, quase grudado a ela, estava seu amado, sua esperança. Desmanchou-se em lágrimas. Pulou da cama e, meio cambaleante, abraçou-o forte.

– Graças a Deus! – resmungou.

E Ayron começou a desabafar, também em prantos:

– Tive tanto medo – disse. – Foi horrível. Todos aqueles corpos desfeitos e massacrados. Achei... achei que um deles poderia ser você. Quando eu soube que estava aqui, pensava em tudo ao mesmo tempo e não encontrava solução para te ver. Durante as noites, nem dormia. Quando conseguia, sonhava coisas terríveis. Você voando pelos ares, atingida por uma granada. E seus pedaços... seus pedaços caindo sobre mim. Deus, como foi difícil!

Ele não conseguiu dizer mais nada.

Juntos, presos àquele gesto de conforto, choravam. Unidos na dor, desejavam nunca mais se separar. Como isto ainda não era possível, Ayron falou, enxugando as lágrimas:

– Preciso ir.

– Mas...

– Só tenho poucos minutos para entrar e sair. O prazo está se esgotando. Se nos pegarem juntos...

– Eu não me importo.

– Voltarei amanhã, prometo.

– Não vá!

– Encontrarei uma forma de fugirmos. Agora, fica calma e espere. Apenas espere. Estou aliviado e feliz por você estar bem! Isso era o mais importante.

Beijos de despedida. Silêncio de partida.

De volta à escuridão das ruas, retornou mais calmo e menos apressado. Por sorte, talvez destino, não encontrou ninguém do sistema vasculhando cantos, becos e esquinas. Também não viu nenhum drone. Àquela hora, a cidade estava escura e deserta. Lembrou-se, com algum alívio, do ditado: "à noite, todos os gatos são pardos!".

Será?

14

Noite seguinte, Ayron arriscou-se de novo. E na outra, de novo. Ia, via a namorada, mas não levava a solução. Carregava a ideia de sair do país ou simplesmente ir para um lugar onde o Novo Governo não tivesse domínio. Todavia, sabia que o aeroporto, o porto de Paranaguá, qualquer fronteira, tudo estava sob vigilância. Jamais conseguiriam. A República de Curitiba, fechada, era tal qual uma ilha.

Outros países, que poderiam já ter tomado conhecimento daquele governo, nada faziam. E aqueles que, internamente, tentavam oposição, eram recebidos com a Nova Droga. Em nova versão. Mais poderosa. Injeções poderiam ser aplicadas à força, ou o governo poderia espalhar no ar, usando-a como um vírus, uma arma química.

Quase sem esperanças, a cabeça baixa, os cotovelos apoiados nos joelhos, Ayron pensava, pensava, pensava. Esquecia-se, porém, do outro problema: o morto.

E quando o problema se apresentou novamente, desvendou-se terrível, pois trouxe consigo o desespero. Aconteceu no meio da noite. Vicente levantou-se assustado, os olhos vidrados no companheiro como se o que via não fosse humano.

– O que foi? – Ayron perguntou, também assustado com o olhar do amigo.

– Não tá sentindo?

O amigo saltou da cama.

– Caralho! O homem está apodrecendo, Vicente!

– É, mano, tá apodrecendo!

– Não tinha que demorar mais tempo?

– Não tô ligado. E com a droga no corpo, sei lá...

– A carniça logo chegará lá fora. E agora?

– Fodeu, fodeu. – Vicente começou a andar, pernas bobas. – Porra, eu falei que ia dar merda. Mas cê esperou, esperou.

– Calma – disse Ayron. – Vamos tirá-lo de lá e dar uma olhada – sugeriu.

– Tá certo, *vamo*.

Ao abrirem o forro, a carniça abriu-se para o mundo. Tudo era fedor. Os dois quase vomitaram ao puxar o corpo inchado, já enrijecido.

Vasos sanguíneos pareciam ter estourado. Os ouvidos, o nariz, a boca, até o canto dos olhos estavam encharcados de sangue. Sangue e carniça. A carne, esverdeada, pálida, desfazia-se. Saltavam feridas de pus, juntamente com um pastoso e gosmento líquido verde.

– Isso só pode ser efeito da droga – comentou Ayron.

Dentro do corpo, germinavam vermes minúsculos devorando o que havia de podridão. Larvas pequeninas, cheias de sangue e terror, despertavam para a vida. Sangue, pus e líquido verde escorriam.

Repugnado, Ayron via a cena. A realidade não poderia ser mais nojenta e inacreditável. Tentou blindar-se do fado a avançar para instantes vindouros. A dificuldade, porém, foi enorme. De todo modo, o que não poderia fazer, tomado por inércia, seria ficar preso ao presente contemplando o morto.

15

– Vamos colocá-lo de volta antes que a carniça invada outros quartos.

– Eu é que não pego mais nesse cara, mano – Vicente se recusou. A expressão de nojo no rosto, mãos tapando o nariz.

– E o que quer que eu faça? Quer que o coloque lá sozinho?

Contrariado, Vicente pegou as pernas do corpo em putrefação. Ayron, que estava no jeito para colocar o morto no forro, ajeitou-o no ombro e lançou o corpo para dentro. Parte dele entrou. As pernas ficaram penduradas, meio rígidas, e delas correram a gosma verde, o sangue, o pus e os vermes. Caíram no rosto de Ayron. Nauseado, ele fechou olhos e boca para que aquilo não lhe escorresse para dentro. Num último esforço, tentando desviar-se da podridão líquida, enfiou o homem no forro. Depois foi rápido para o banheiro lavar-se da imundície. Voltou falando com Vicente, que estava sentado na cama, quase em estado de choque.

– Tente ficar calmo. Encontraremos um jeito de tirar o corpo daqui. Só não podemos perder a cabeça. Entendeu?

Vicente fez que sim, embora a impressão fosse de alguém que nada escutara.

Em suas camas, olhavam para o forro e pensavam no corpo.

A podridão da carne, o pus...

...o pus saltando, a gosma verde...

...os vermes saindo; um aglomerado de carniça expelindo pele afora.

Assim, completamente perdidos, aleijados de soluções, dormiram com os olhos abertos.

Antes das sete, Vicente já andava atarantado pelo quarto. Cruzava os braços, sentava, levantava. Unhas, roía todas. Na angústia desesperada, falou:

– Não *vamo* sair dessa, se liga no que tô te falando. Mano, não *vamo* sair dessa.

Ayron, que também já estava de pé, pareceu nem escutar o que foi dito. O companheiro, que antes agia como o *alfa* entre eles, desmoronava. A derrota invadia-o feito erva daninha. Ayron, ao contrário, fortalecia-se, tomando a dianteira da situação.

– Calma! – disse.

Como sempre fazia ao acordar, foi à janela. O gesto iniciado – e logo interrompido – desenhava a ação de abrir venezianas e vidraças. Vicente gritou:

– Idiota! Não abre essa porra de janela. Quer que a carniça invada tudo, caralho?

– E você?! – Ayron também gritou, sem se dar conta do volume da voz. – Quer que saibam o que está acontecendo, gritando alto assim?

Vicente, tenso, continuou:

– Quem é que tá gritando, porra!? Quem é que tá gritando? Não sou nenhum vacilão. Eu... eu não ia ficar gritando, gritando, gritando... – Vicente berrava.

– Mas está gritando!

– Não tô.

– Está.

Ayron aproximou-se do amigo. Abraçou-o, como que a confortá-lo. Vicente ficou mudo.

– Isso – disse Ayron. – Isso mesmo. Relaxa. Não perde a cabeça.

– Cara, eles... eles... eles vão pegar a gente. Essa merda de cheiro logo vai chegar lá fora, e então... Cê sabe, mano, a gente vai morrer!

– Olha, vamos fazer o seguinte: como hoje é domingo e não trabalhamos, dou uma saída, ando um pouco pelas ruas e prometo voltar com uma solução.

– Vou contigo!

– Não, é melhor ficar.

– Não vou ficar sozinho com essa carniça, porra!

– É melhor.

– Mas...

– Eu volto com uma solução.

Vicente considerou as possibilidades entre ficar ou ir. A contragosto, resolveu ficar.

– Se voltar com uma solução, beleza.

– Ótimo. Agora escuta: descanse e relaxe. Se sair, podem perceber que está apavorado e então...

– Então?

– Você sabe. Você mesmo falou. Se nos pegarem, será o fim.

Ayron saiu arrastando desassossego. Cabeça baixa, mãos no bolso, precipitava o encontro de solução que não germinara. Com andar a esmo, optou em ir ao centro da cidade. Cedo ainda – nem nove da manhã –, o centro estava vazio. Poucos homens fiscalizando a região, bem poucos. Um só drone, e um e outro transeunte perambulando, sem lugar certo para ir.

À cata de solução, cuidando para não ser alvo do drone, entrou em alguns prédios abandonados. Olhou em becos, em construções destruídas pela revolução. Nada. Se havia alguma solução, ela estava em outros lugares.

Por algumas horas ficou perambulando, a certeza de que morreria propagando-se na consciência. Até que parou na frente de um antigo prédio do governo.

Através da porta de vidro, viu grandes sacos plásticos e aquilo fez seu corpo tremer. Se, por hora, não conseguiam tirar o corpo podre do forro, poderiam ao menos impedir que a carniça se espalhasse. Se colocassem o morto dentro de alguns sacos e fechassem bem, plagiando um vácuo, estancando o ar, poderiam bloquear o cheiro. Se os homens do sistema não revistassem o forro, a salvação lhes sorriria, ao menos por um tempo. É, poderia dar certo. Ayron animou-se. Havia um problema, porém. Não poderia pegar os plásticos – prédio todo fechado. E também não imaginara como entrar no conjunto com eles. Precisaria descobrir uma maneira. Por ora, resolveu retornar. Disparou afoito para a Zona 5 a fim de contar a ideia. Tinha certeza de que Vicente vibraria.

Chegou inebriado pela euforia. Passou rápido pela portaria. Subiu os degraus a passadas largas e, ligeiro, chegou ao quarto. A velocidade da ação congelou-se. Feito estátua, a expressão imobilizou-se ao entrar. A carniça estava insuportável. Vicente não estava na cama, tampouco perto da mesa.

– Vicente? – chamou, desconfiado. – Encontrei a solução – ele dirigia-se para o banheiro. – Se conseguirmos, estamos...

O choque com a realidade foi terrível, pancada forte no coração que descompassava batimentos.

– Meu Deus, não!

Vicente morto.

Não, não!

Não podia ser!

O desespero incontido fez Ayron titubear – pernas fracas. No gesto de ordenar o desespero – ou pelo menos tentar – tirou o corpo podre do homem do sistema de cima do companheiro e depois o abraçou. Quis levantá-lo. Congelou. Parou porque viu a faca ao lado do corpo e estarreceu ao ler, em sulcos profundos na carne, as duas letras garrafais marcadas no peito do amigo: T.E.

Inundada pelo sangue, as iniciais riscadas com a lâmina desvendavam, além da barbaridade, o futuro aterrorizante que ele enfrentaria.

16

Ayron, algemado, dava passos com pernas bambas e seguia titubeante arrastando o corpo dolorido de surra. Lá mesmo no quarto, socos e pontapés sobrepondo-se golpe a golpe lhe enegreceram a vista e o mundo. Achou que fosse morrer. Agora estava ali, subindo com dificuldade os degraus da escadaria do Palácio Iguaçu. Com a respiração entrecortada, seguia fraco. Empurrado, ia com vagar. Resistia o quanto possível. A caminho do incomum, observava, ao entrar no prédio, salas modificadas. Alguns seguranças. Estátuas de gente com armamentos em posse, preparadas para repressão. Também corredores, muitos, intercalando-se em direções desconhecidas, formando labirintos.

Por onde estava sendo levado o corredor era estreito. As paredes de metal. Quentes. E, a cada passo que dava, mais o corredor esquentava. Se pudesse comparar, um caldeirão sobre línguas de fogo fervendo o metal seria o mais adequado. Como aquela realidade não se igualava a nada já vivido por ele, não sabia o que esperar. Restava-lhe o pior? Sem dúvida, posto que o pior logo revelou-se em duas palavras acima da porta a ser aberta: Tratamento Especial.

Que ironia! Nunca lhe passara pela cabeça que receber tratamento especial fosse receber sofrimento. Havia como se livrar?

Não havia.

Entraram.

Na sala, luz fraca e avermelhada confundia-lhe a visão. Fria sensação de terror lhe percorreu o corpo. Nesta descarga de medo – viagem instantânea que lhe fez gelar o sangue – observou que ali dentro nada havia a não ser homens do sistema. Robôs que eram, estavam estáticos nos cantos. Mortos-vivos, desprovidos de cognição, à espera de renascerem para alguma ação.

Entre Ayron e os homens, medo e silêncio.

Súbito, ele se assustou ao ouvir estalos de um pilar de metal que começou a descer do teto. Apurou a vista para melhor decifrar, mas não distinguiu o repentino mistério. Dois homens foram até o pilar e acionaram um botão. Do centro, a uma altura de três palmos do chão, saltou uma placa metálica, formando um banco. Levaram-no para lá. Bruscos, violentos e decididos, fizeram-no sentar-se. Os punhos foram algemados atrás do pilar. Depois, silêncio. Cinco, dez minutos e ele parado.

As mãos algemadas, a cabeça girando, o pensamento em embaraço.

Taísa.

Vicente.

Morte.

O mundo desconexo à espera de conveniente e justo significado. Significado, este, que não mais irromperia.

– Prendam-lhe os pés e os olhos – alguém ordenou.

Debaixo do pilar, ao lado esquerdo, saltaram dois metais que se cruzaram na frente iguais a duas foices e prenderam-lhe as canelas. Em seguida, um barulho perto da cabeça, vindo das laterais, junto aos ouvidos, revelou-se tratar de uma espécie de mão mecânica com dois dedos finos e compridos. Este mecanismo parou à frente dos seus olhos. Os dedos mecânicos dobraram-se lentamente, aproximando-se. Com medo, Ayron fechou os olhos, mas foi obrigado a abri-los quando o frio metal lhe tocou a pele e os dedos metálicos, um em cima outro embaixo, entraram sob suas pálpebras, forçando-as à abertura. Os olhos, assim, esbugalharam-se. Do lado direito do pilar, uma fita de metal saltou, enrolando-se na sua testa. O que pensaria Anthony Burgess ao deparar-se com a ficção tornando-se realidade? *Laranja Mecânica* fora do livro e do cinema seria possível? Era. E isso despertava um temor incontrolável em Ayron. Tomado pelo pânico, sentimento abismal de fracasso e impotência, ele gritou.

E o acontecimento seguinte foi apenas silêncio.

Dez minutos.

Vinte.

Quarenta e cinco.

Suor, lágrimas e medo.

Do teto da sala, desceu um tubo transparente. Antes de atingir o chão, parou em frente aos olhos arregalados de Aryon. Dentro do tubo, o Presidente.

Alto, com expressão dominante, não era como os mortos-vivos. O uniforme militar trazia no peito as iniciais N.G.

Todos os homens do sistema olharam quando ele desceu. Cumprimentaram-no de maneira incomum, levantando os dois braços à frente dos olhos com os punhos cruzados, formando um "X". O significado? Ayron não fazia ideia. A única definição do "X" que lhe ocorria vinha de um programa de televisão, *Arquivo X*, só isso. Teorias que revelavam ser o "X" o símbolo da mudança e transformação, além de representar a marca da Besta – Lúcifer – dos Illuminati, passavam à margem do discernimento cotidiano de Ayron. Não sabia, portanto, o quanto a marca era adequada ao Presidente. Os questionamentos da mente foram interrompidos pela voz:

– Mas que prazer – o Presidente começou; voz firme e irônica. – É uma pena que não tenha aceitado as novas leis. Há muitos iguais a você. Para todos, lembro o mesmo fato: *eu* sou o Novo Governo, o seu *Grande Irmão*! E todos, todos obedecem às minhas ordens. Agora, domino o país, mas daqui a alguns dias, farei com que a Nova Droga, por enquanto nas rações alimentícias, se espalhe pelo mundo e, então, dominarei tudo: a Corte Internacional de Justiça, a Agência Especializada das Nações Unidas: a Agência Internacional de Energia Atômica, o Programa de Desenvolvimento das Nações Unidas, a União Internacional de Telecomunicações, a ONU... Enfim, senhor Ayron, dominarei todas as Nações do mundo. A África do Sul, Alemanha Ocidental, Austrália, Camboja, Barein, Bélgica, Filipinas, França... Tudo. Serei o Presidente Mundial assim que se espalhar a Nova Droga. E o mundo estará sob meus pés. Àqueles reacionários, feito o senhor, receberão o Tratamento Especial. O Tratamento Especial é uma forma rigorosa de controle, correção e experimentação humana, caso lhe interesse saber. Para cá, senhor Ayron, vem gente de toda espécie. Entram dotados de cognição, experimentam o medo em seu mais alto nível e, então, são submetidos a alguns experimentos com a Nova Droga, em níveis completamente diferentes. Se a ração alimentar criada para coisificar o ser humano tem ação lenta, a Nova Droga usada no Tratamento Especial tem efeitos instantâneos, muitas vezes devastadores, confesso. – O Presidente olhou para todos os guardas na sala. – Vê todos eles? É assim que ficará, caso sobreviva ao Tratamento Especial. Como eles, me obedecerá. Em troca, terá a Nova Droga. Ah, mas não se anime. Dificilmente alguém sobrevive, a menos que eu queira. O Tratamento Especial é extremamente cruel. Muitos enlouquecem. Na primeira oportunidade, se suicidam. Ou pedem para morrer. Mas, por enquanto, você ainda tem escolha: morrer ou entregar-se à Droga. Veremos o que será! Já ouviu falar do Inferno, muito bem descrito por Dante, senhor Ayron? É esclarecedor. Deveria ler. No livro, os mortos são julgados de acordo com a gravidade de seus pecados. Experimentam o Inferno em variados níveis. A diferença entre Dante Alighieri e eu, senhor Ayron, é que permito que pessoas iguais a você conheçam o Inferno ainda em vida!

Inferno. Inferno. Inferno.

Ayron conhecia a *Divina Comédia*. Mas, saber das Trevas fora da literatura, vivê-la na pele, experimentar o diabólico ainda em vida, conforme destacou o Presidente, impregnava-o de pavor. Deus não deveria mesmo existir nesse mundo!

Com a mente aterrorizada, vociferou:

– Vá pro Inferno!

– Já estamos nele. Já estamos nele – repetiu o Presidente, apenas para confirmar. E então sorriu.

Inútil dizer que as horas, talvez os dias no Tratamento Especial seriam pródigos de alguma esperança, ainda que minúscula. Não seriam. O Inferno, como apontou o Presidente, era ali. Seria demais comparar a sala do Tratamento Especial à sala do julgamento, segundo círculo do Inferno, esmiuçado na *Divina Comédia*? Talvez não. É nesta sala que Minos, o juiz do Inferno, ao ouvir as confissões dos mortos destina-os para um dos nove círculos. Na sala do Tratamento Especial, o Presidente, juiz do Inferno, era quem destinaria os círculos terríveis para o capturado. Se Ayron encontraria forças para sobreviver, não sabia.

O cubo transparente subiu. Na mente de Ayron, o desespero em labaredas. Nos olhos dos homens do sistema, a espera das novas ordens de seu comandante.

– Prendam-lhe a boca – ordenou o Presidente, já do alto de sua redoma.

Do pilar, acima da cabeça de Ayron, saltaram dois metais em forma de gancho. Metais firmes, mas que só poderiam furar se o preso forçasse a cabeça. Rápidos, os metais desceram até sua boca, penetrando-a e fixando-se atrás dos dentes. A boca, escancarada, fora aberta até que o pescoço levantasse, e os metais dos olhos, por isso, abriram-se ainda mais. Em seguida, dois outros metais saltaram e lhe prenderam a parte inferior da boca. Escancarados olhos e boca, caso movesse a cabeça, certamente os rasgariam. Todo o sofrimento e desespero teriam que ser contidos ao máximo para ele não se rasgar com os movimentos.

– Muito bem, senhor Ayron – voltou a falar o Presidente, – passaremos uma série de filmes. Aproveite a sessão. Garanto-lhe que será uma das melhores. Na transmissão, descobrirá o quanto sabemos. Verá sobreviventes, enxergará mortos. Verá os que por aqui passaram. É importante que tenha registrado na mente o que lhe acontecerá. Caso ainda não tenha entendido profundamente o significado do Tratamento Especial, entenderá, posso garantir. Uma coisa, porém, lhe escapará ao assistir os filmes. O porquê de estar aqui, o motivo de seu julgamento não passará despercebido, isso não. As torturas que enfrentará, também não. As reações adversas à Nova Droga serão, igualmente, entendidas com clareza. O que não é evidente ao espectador, é o motivo principal do Tratamento Especial. Mas vou explicar, senhor Ayron. Há duas maneiras de testarmos esse estágio da Nova Droga: com tortura ou sem. Sem tortura aproveitamos os voluntários. Com tortura, aproveitamos rebeldes imbecis feito você. Simples. E qual o objetivo mesmo? Primeiro, que fique claro, minha missão é zelar por todos. Não posso fazer isso rebatendo opiniões. Não há como conduzir um rebanho que tenha vontade própria. A Nova Droga esvazia a mente. Com o tempo, a vontade própria se esvai. Fica a obediência. E é tudo o que eu preciso. Obediência. Nada de pessoas pensando o que não devem, tendo opinião própria. O pensar, no meu governo, é crime. Cérebro fraco. E corpo forte. Eis o ideal. Mas os efeitos colaterais ainda são terríveis para alguns. A perfeição desse procedimento ainda demandará mais pesquisas, muito mais trabalho. Num futuro próximo, meu desejo é que os efeitos da droga sejam irreversíveis. As pessoas não mais sofrerão com efeitos colaterais e abstinência, pois já estarão modificadas, já serão "coisa". Isso, sim, será um avanço. Avanço maior, contudo, está na possibilidade de criação de um novo ser humano. A raça perfeita. Não, não os arianos, como queria Hitler. Tampouco seres humanos nascidos de proveta, onde pode-se escolher sexo, cor dos olhos e essas bobagens. O *Admirável Mundo Novo*, de Huxley, perde longe, se comparado ao que eu pretendo. O Estado científico totalitário que ele imaginou é pequeno frente ao que eu busco. Procuro algo maior, bem maior! Hoje, os homens do sistema me atendem, são obedientes, mas são, sob alguns aspéctos, fracos. Sentem muito os efeitos colaterais da Nova Droga. Se ficarem sem ela, podem ir para os ares, literalmente! Além disso, só esse exército não basta. Quero, num futuro próximo, produzir seres humanos em massa, totalmente obedientes, como eu disse, e que sejam extremamente fortes. Seria um exército perfeito, não acha, senhor Ayron? Há pesquisadores trabalhando no desenvolvimento de órgãos biocibernéticos. Afora isso, os experimentos, a formulação da droga em desenvolvimento, objetiva alterar o DNA, transformando o corpo numa fortaleza. Corpo forte, mente fraca, reforço. Bem, quem sabe o senhor não nos surpreenda? Estaria em seu corpo a possibilidade de tal transformação? Seria o senhor, senhor Ayron, o candidato, o embrião, a gênese de nova espécime? Como você verá, muitos não conseguiram.

O Presidente se calou. Ayron quis gritar, mas boca e olhos presos pelos metais fizeram-no se conter. Não demorou, a redoma do Presidente sumiu.

E o Tratamento Espacial começou.

Baixou um telão. Luzes vermelhas da sala foram apagadas. Em cima, quase no teto, abriu-se a portinhola por onde seria feita a projeção. Sem demora, na lente do projetor, a tortura começou. Imagens holográficas em 3D ultrarrealistas, mais evoluídas do que os óculos de realidade virtual, ganharam vida na sala.

Primeiro, uma séria de cenas desvendando as ações de Ayron surgiram. Ele perambulando pelas ruas, indo para a Zona 17. Ele e Vicente vigiando o lugar. Noutra projeção, os dois colocando o corpo desfalecido do guarda do sistema no carro. A entrada dos três na Zona 5. Em seguida, ele, de madrugada, invadindo a Zona 17. Tudo, cada passo fora gravado. Ora as imagens tinham sido captadas por câmeras públicas, ora pelos drones. E, em nenhum momento, ele havia percebido.

A voz do Presidente projetou-se na sala:

– Achou mesmo que não sabíamos? Quanta ingenuidade, senhor Ayron. Quanto amadorismo! Mas que é dotado de coragem, não podemos negar! Vamos ver, agora, até onde sua coragem vai.

A voz se calou.

E a projeção continuou. Um homem estava sendo desamarrado do mesmo pilar em que Ayron estava. Os cantos dos olhos sangravam. Pelo que ele assistia, o desconhecido na tela havia movido demais a cabeça enquanto preso. A carne não aguentou. Rasgos misturaram-se ao sangue. Quatro homens seguraram o condenado e aplicaram-lhe uma injeção de líquido verde. Ayron lembrou-se do líquido que saíra do agente podre no forro. No filme, poucos minutos depois que recebera a injeção, o homem começou a debater-se, jogar-se no chão, feito alguém com ataque epilético. Gritava. Um grito doído, longo, desesperado. Seria este o líquido, a droga, o experimento capaz de modificar o DNA? Só poderia ser.

Em determinado instante, todos os guardas do sistema haviam deixado o ambiente. Ali dentro – sala do Inferno de Ayron – só a tela de projeção e ele. Na tela, o desconhecido não parava. O som dos gritos, altos demais, invadiam os tímpanos e o desnorteamento começou a ganhar corpo.

Foi um alívio quando a vítima parou de gritar. Mas foi um desespero quando ele viu o homem contorcer-se e vomitar sangue. Depois, o sangue – meio esverdeado – começou a escorrer por todos os orifícios: ouvidos, nariz, canto dos olhos. No chão, debatendo-se e já sem voz para gritar, o torturado misturou as mãos trêmulas com o sangue que corria de seus olhos e, num ato insano, enfiou os dedos no globo ocular, arrancando-os. Cego, os olhos arrancados nas mãos como se mostrasse pérolas, o homem voltou a gritar com demência. Espasmos e tremores incontroláveis o dominaram. O corpo tombou e, por debater-se muito, os olhos arrancados escaparam-lhe das mãos e rolaram para o meio da sala. Ao assistir aquilo, Ayron queria cerrar os olhos. Apertá-los bem e jamais voltar a abri-los. Fechá-los não podia. Se tentasse fazer isso, iria rasgá-los. Vendo aquilo, sabia que a tortura projetada era também a sua tortura. Será que, ao passar por aquilo, resistiria?

O filme parou. A voz do Presidente, de novo, se amplificou na sala. Era óbvio que este acompanhava o Tratamento Especial de algum lugar.

– Está gostando, senhor Ayron? É uma pena que este aí, depois de arrancar os olhos, não tenha sobrevivido. Mas não se decepcione, temos mais filmes. Vai gostar de vê-los, tenho certeza.

As luzes se apagaram novamente e a tortura continuou. Um novo filme foi projetado. Na tela, homem muito magro, preso ao mesmo banco onde estava Ayron. Aproximaram-se do homem e a injeção verde lhe foi aplicada. Em minutos, pele roxa, o homem quis debater-se e não pôde. Os torturadores se aproximaram e soltaram os metais que lhe prendiam a boca. Livre daquilo, o homem começou a gritar. Porém, desesperado que estava, perdeu o controle e começou a mexer a cabeça freneticamente para poder soltar-se do resto que o prendia. Os olhos se rasgaram. A boca voltou a ser presa e o condenado, para não morrer ainda, parou de gritar e de se debater. Todavia, a droga em seu corpo fora impiedosa e, sem poder controlar-se, todo o corpo começou a tremer. Entre espasmos, debatendo-se, a vítima entregou-se. E por debater-se demais, agora tinha também a boca rasgada. O maxilar separado do rosto, caído. O sangue em abundância cobrindo tudo.

Então, outra vez, o filme parou.

E depois veio outro, e outro, e outro. Num dos filmes, um cachorro foi levado à sala. Esfomeado, mastigou o corpo morto de um condenado. Pedaço por pedaço foi sendo arrancado. O barulho das mordidas era assustador. Todavia, muito mais assustador foi perceber que o cachorro tinha três cabeças.

Passados cinco, seis filmes, um homem do sistema, não o Presidente, entrou na sala.

– Acredito que já esteja cansado disso. Deveríamos, neste momento, começar com a surpresa da outra parte do tratamento, mas o Presidente achou por bem deixá-lo esperando, exatamente do modo como está, sem poder se mover, até amanhã pela manhã. E ordens são ordens.

Saiu.

Sozinho, tendo sido imerso no martírio visual, a mente e o corpo fecharam-se em medo. Por um bom tempo, ele ficou atado ao terror. E o terror, sempre pujante, trouxe à memória a passagem do terceiro círculo do Inferno onde Dante descreve um cão de três cabeças, chamado Cérebro, devorando, com voraz apetite, almas penadas à espera de se recompor.

Para Ayron, o Presidente era como o cão devorando as almas.

17

A noite toda ele ficou trancafiado na imobilidade. Sem poder piscar, tampouco mover cabeça, boca e braços, a liberdade encontrou espaço na mente. Livre, ela foi, veio, buscou e rebuscou as lembranças e preocupações que tinham um só nome: Taísa. A cada vez que o pensamento a trouxe, Ayron desejou que ela estivesse bem, que a preocupação por ele não ter aparecido clandestinamente, como vinha fazendo, não a tivesse tirado do prumo. E que os homens do sistema não a tivessem maltratado. No emaranhado do pensar, outro vai e vem da mente o amedrontou várias vezes. Ele não queria morrer. Resistiria? Foram horas e horas imaginando, presumindo, conjeturando futuro incerto. Algumas vezes, até chorou. Mas os olhos abertos, sempre abertos, ressecaram. Lágrimas secas. Como a intensão dos torturadores não era lhe prejudicar a visão, de tempos em tempos entrava alguém na sala, e gotas de colírio foram pingadas a fim de preservar-lhe as córneas. *Laranja Mecânica* vivida na pele. Foi assim até que o dia abortou a noite. A manhã chegou arrastada, tão demorada que parecia ter carregado toneladas nos ponteiros do tempo. E Ayron só soube que a escuridão trocara de lugar com a claridade porque luzes foram acesas na sala e um homem lhe trouxe água. Ao ajustar o canudo em sua boca para que pudesse sugar o líquido, o relógio de pulso do guarda ficou visível. Seis horas. Meu Deus, como a noite foi longa! E como foi difícil! Depois da tortura psicológica-visual, sustentar-se revestido de alguma sanidade beirou o insano. Houve um momento – ou teriam sido vários? – em que delirou. Não fosse o delírio, talvez tivesse dormido de olhos abertos. Que este novo dia fosse melhor! Foi exatamente o que ele pensou, mesmo sabendo que o pior estava por vir.

Com o sol dando bom dia do lado de fora do Palácio Iguaçu, o Presidente pôs-se de pé. Nas mãos, um relatório. Os olhos interpretando informações impressas. Quase nada demorou para que trocasse o papel pelo *tablet*. Vídeos disponibilizados no sistema permitiram que ele analisasse tudo com satisfação. Averiguação breve. Apenas quinze minutos depois, desconectou os vídeos e tomou seu café tranquilamente. Enquanto sorvia o expresso forte, sempre forte, ingeria novos instantes de satisfação, mas não em razão da bebida, sim pelo que viria pela frente, na sala do Tratamento Especial. Sempre, no segundo dia, as sessões desvendavam muitas surpresas. Ah, seria um dia daqueles! Arrumou-se. Cuidou para distribuir tarefas enquanto estivesse ausente, fez algumas ligações, conversou com o exército, confabulou com o comando do Tratamento Especial e, como sempre fazia nestas ocasiões, foi dar bom dia para seu novo condenado.

O cubo transparente desceu. Dentro dele, o Presidente arreganhou os dentes ao ver Ayron imóvel, preso ao pilar. Quando começou a falar, o sorriso estava grudado na face como se cumprimentasse um velho amigo.

– Como vai, senhor Ayron? Passou bem a noite? E os filmes? Bons, não é? Eu já os vi. E farei questão absoluta de ver o seu também, mesmo que eu já tenha acompanhado parte dos acontecimentos de ontem ao vivo. Ver uma segunda vez, na verdade, é até melhor! Mas o acontecido de ontem para hoje foi somente o princípio. As melhores coisas do Tratamento Especial sempre começam no segundo dia, onde a tortura psicológica dá lugar à tortura da carne. Por isso, nada de filmes agora. – O Presidente fez uma pausa teatral. Fixou olhar endemoniado na boca presa do outro e continuou: – Gostaria de dizer alguma coisa antes de continuarmos? – Outra pausa. – Acho que não, não é mesmo? Muito bem. O senhor se lembra de algum fato da Ditadura Militar? Os métodos de tortura eram criativos, não acha? Sei que não passou por nada daquilo, pois é novo para isso. Bom... – o Presidente sorriu. – Nunca é tarde! Boa sorte.

A primeira coisa que os carrascos fizeram foi tirar as roupas do condenado. Da maneira como puderam, ora arrancando, ora rasgando, o deixaram nu. O homem nu reduziu-se em mera figura presa aos metais. Algemado num destino que não queria – talvez nem suportaria – ele pôde ver, assustado, conectarem fios em seu corpo, em especial, nas partes íntimas. Sabia bem para que serviam aquelas conexões; não era necessária sapiência além do normal para entender que descargas elétricas seriam conduzidas por elas. Então, quando a primeira carga foi disparada, ele gritou! E não passou segundos – provavelmente o tempo entre espasmos – ele gritou de novo.

E de novo!

E de novo!

O cheiro de carne chamuscada começou a invadir o ambiente. Teria, de fato, se queimado ao ponto de sentir o cheiro ou seria apenas a mente enaltecendo a tortura? Homem bem passado ou malpassado? Qual seria a preferência dos carrascos? A Cadeira do Dragão desses novos tempos era até mais cruel, com cargas elétricas mais elevadas. Um instante a mais de descarga elétrica e o condenado não resistiria.

Ayron resistiu.

Quando os choques terminaram, ele foi tirado do pilar. Por um segundo, instantezinho só, imaginou que poderia se livrar, atacar os dois moribundos. Mortos-vivos – robôs que eram, teriam capacidade de resistir? E ele, Ayron, teria forças suficientes para atacá-los? Claro que não. Cambaleante, atordoado pelas descargas recebidas, foi arrastado com facilidade até outro pedestal. Uma barra de ferro que havia surgido de um dos lados da parede serviu para que pendurassem o seu corpo. As mãos foram presas às canelas. Os joelhos, dobrados na barra, sustentavam o corpo inclinado e preso. O pau-de-arara dos tempos da ditadura, ressurgido em nova versão. Na posição em que ficou, poderiam fazer qualquer coisa com ele. E fizeram. Palmatória. Muitas pancadas no saco. Dor alucinante esmagando a vida e as bolas!

Ele desmaiou.

Acordou com uma enxurrada de água no rosto, o afogamento perto, a um esticar de dedos. Quando a consciência emergiu, percebeu que, de novo, estava preso ao pilar. Mãos, olhos, boca, pés. Cada parte cuidadosamente aferrolhada por metais. Logo, os homens do sistema posicionaram-se para deixarem o ambiente. Um deles apontou o código de barras do pulso para o sensor da porta. Logo saíram. E a sala intercalou frio extremo com calor insuportável. Um som irritante espalhou-se, ferindo-lhe os ouvidos. Meu Deus, quanto tempo suportaria? Calor, frio. Frio, calor. O som estridente. Frio. Calor. Tortura sonora. Não, não aguentaria!

Mas aguentou.

Quatro dias assim, vítima do suplício!

18

Noite desoladora. Repetição de rotina, ela havia se deitado logo após o toque de recolher. Às três da manhã, despertou para, uma vez mais, aninhar-se no abraço do amado. Beijo nos lábios, olhos nos olhos. Esperanças justapostas. Sobrepostos em vontades idênticas, os minutos juntos dariam ainda mais sentido às expectativas. Acontece que o namorado não apareceu. A ansiedade descarrilou o coração e a noite hibernou-se em espera. Taísa não pregou os olhos um segundo sequer. Quando o sol surgiu, a noite permaneceu dentro dela. O que teria acontecido? Sim, consideravam, tanto ela quanto ele, a possibilidade de ele não aparecer vez e outra. O que deixou de ser considerado por ela fora a angústia da espera. Não imaginou que ficasse tomada pelo desassossego de modo tão intenso. Assim, fez o que lhe cabia: durante o dia, ponderou, ponderou e ponderou e, enfim, conseguiu convencer a si mesma de que tudo estava bem. À noite, o mesmo: deitou-se após o toque de recolher. Apagou os olhos enquanto sua companheira e o filho mantiveram a luz acesa por meia hora ainda. Esperou que o sono viesse. Recauchutou a calma e tentou espantar a ansiedade. E houve jeito? Às três da madrugada, estatelou a mente – os olhos já estavam abertos fazia tempo – e ficou à espera. Cinco minutos. Dez. Vinte. Eternos trinta minutos se passaram e ele não veio. Ela pensou em acordar Suzi a fim de encontrar sentido, qualquer que fosse, para Ayron, de novo, não ter aparecido. Quem sabe a amiga não tinha em algum lugar uma explicação, palavra de consolo? Quem sabe! Suzi foi quem lhe contou que as coisas começavam a melhorar para algumas mulheres. Ela mesmo já havia sido recrutada para trabalhar dali a alguns dias. Uma e outra Zona onde as mulheres foram enviadas começavam a liberá-las para passeios. Suzi ouviu dizer que gente com autorização começou a aparecer para visitas, tudo dentro das normas. Não demoraria para a Zona 17 afrouxar. Talvez Taísa também fosse escolhida para trabalhar brevemente. Ayron, claro, viria visitá-la livre da clandestinidade. Mostraria feliz a autorização.

Devaneios.

Tudo, devaneios.

Mas o que mais poderia fazer senão desejar o melhor? Que o país voltasse a ser o que era ao menos em sua cabeça, oras!

Foram dois dias que ela passou assim, prenhe de ilusão e ansiedade. Em sua mente, gestou indagações das mais variadas. Nenhuma resposta nasceu. Quanto tempo ainda teria que esperar?

Estalido de palavras, ruídos, vozes que não a sua, vieram, finalmente, e sem mais delongas, trazer-lhe respostas.

Ao abrir a porta, a resposta que tanto aguardava, sobrecarregou-a com o medo.

19

Surpreendido pelo ir e vir dos pulmões, Ayron soube que a vida, às vezes, era mais forte do que a vontade própria. Tortura tanta que passou, achou que não fosse resistir. A morte lhe visitou em momentos de fraqueza, dor insuportável, delírio, calor intenso, frio extremo, entrega. Por alguma razão, não o levou. Estaria ela, a morte, barganhando com a vida? Antes da indagação transfigurar-se em resposta, ele atentou-se para as palavras do Presidente:

– Bravo, senhor Ayron. O sofrimento guarda em si a capacidade de transformar pessoas, sei que sabe disso. Mas a dor... a dor, senhor Ayron, tem o poder de calar. A tortura, nesse sentido, é indispensável. Ela é, em outras palavras, o passaporte para a obediência. Estamos no quarto dia do Tratamento Especial, caso tenha perdido a noção do tempo. O senhor está indo muito bem. Muito bem mesmo. Parabéns! Isso é bom por um lado. Ruim por outro. Bom para mim, que tenho a possibilidade de explorar, experimentar mais as suas capacidades. Ruim para o senhor, pois, afinal, continuará sendo submetido às novas sessões. Enfim, é assim que as coisas são. Além disso, os métodos de tortura da época da ditadura aos quais o senhor foi submetido são fracos perto do que virá. Meu desejo, sinceramente, é que a sua resistência continue sendo persistente. Entretanto, nada é tão ruim que não possa piorar! Veremos, portanto, até onde o senhor é capaz!

A voz se calou. Durante três, talvez cinco minutos, a sala ocupou-se de silêncio, só silêncio. Até que entraram dois homens e mais alguém. Quando, próximos da luz, Ayron os distinguiu com exatidão, mal se conteve e quase mexeu a cabeça, tão insuportável fora a cena. Restou-lhe berrar! E, ao gritar, deixou o pavor se misturar com as lágrimas quando viu que quem acompanhava os homens era Taísa.

20

Abatida. Trapo de gente. Qualquer outra definição para seu estado seria desnecessária. Vendo a figura debilitada, Ayron achou que há muito ela deveria estar ali. E, bem na verdade, não se enganou. Apenas dois dias após o terem levado, eles a capturaram. Mantiveram-na trancafiada, isolada – água mínima e comida quase nenhuma. Desnorteada e faminta, ela – tampouco Ayron – imaginara que as coisas fossem chegar àquele ponto.

E aquele era o ponto final.

Taísa debateu-se e gritou quando o viu atado ao pilar. Presa por mãos poderosas, impossibilitada de qualquer outra coisa, caiu em prantos. Por algum tempo, chorou. Chorou muito. Rio de lágrimas a desaguar pela face. Depois tentou, em vão, chegar até ele. Queria abraçá-lo. Por Deus, como queria! A única permissão que lhe deram foi tempo para chorar ainda mais. Sim, a intensão dos carrascos era que o sofrimento dela fosse uma nova tortura para o condenado.

Quase fora de si, ele tentava esticar os braços para poder abraçá-la. Presos os braços e pernas, nada conseguia senão machucar a carne a cada tentativa. Então ficou quieto. A imagem do sofrimento da amada, por um breve instante, ofuscou-se pelo cubo transparente que surgiu. Da redoma sustentada no ar como se nada a prendesse, o Presidente avisou:

– Vai começar, senhor Ayron. Faço questão de acompanhar a sessão!

Os homens do sistema tiraram a roupa de Taísa. Ela foi presa à parede ao lado da porta pela qual haviam entrado. Algemas à parede sustentaram o corpo. Em prantos – o corpo pendurado – ela sabia que a morte deveria estar por ali, espiando, aguardando a hora de levá-la. Só não queria sofrer muito antes de ir.

Mas sofreu.

Em obediência ao Presidente e às ordens do instinto primitivo do corpo, os homens começaram a passar as mãos. Uns brutos, outros sedentos. Bocas e línguas a passearem pelo seu corpo. Debatendo-se, ela queria se livrar. Tanto esforço para nada, pois no tempo em que uns seguravam, outros aproveitavam.

Foi machucada, penetrada.

Mesmo com os pulsos presos à parede, os carrascos lhe forçaram o corpo e encontraram posição. Não houve estorvo que os impediu de possuí-la de formas diversas, inclusive por trás.

Chorar e gritar de nada adiantava, mas ela o fazia com toda força que o desespero lhe permitia.

O pior, todavia, veio quando um dos homens se aproximou e lhe introduziu o cassetete.

Ayron, nessa altura desesperado, gritando muito – pois outra coisa não podia fazer – viu os filetes de sangue manchando o objeto.

Ela gritava. E gritava.

No hiato entre os gritos, Taísa, esfarrapada, ainda tentou falar. Nada conseguiu dizer. Antes que novamente tentasse expressão qualquer, aplicaram-lhe a injeção.

– Nãããããooooo! – o grito foi de Ayron. Inútil.

Ela contorceu-se. Debateu-se. Chutou o ar. Chutou o homem que lhe aplicava a injeção. A respiração descompassou e o organismo se alterou. O DNA entrou em estado de autodestruição.

A cabeça começou a latejar. Caroços surgiram-lhe na testa. Pulsaram.

Taísa gritou.

Gritou.

E gritou.

Filetes de sangue escorreram dos ouvidos, do canto dos olhos, da boca. O corpo começou a inchar. Descontrolado, embaralhado nas veias, o sangue fluía com teimosia até desaguar por todos os orifícios da pele. Os poros encharcados de vermelho.

Novos caroços surgiram. Agora, o corpo todo era um caroço. E inchava mais e mais.

Até que explodiu.

Começou devagar. A pele sendo aberta aqui, ali. O som abafado da carne rasgando. E, de repente, os pedaços.

Os pedaços voaram!

Sangue e carne inundaram tudo.

Onde ela estava restaram somente o par de mãos preso às algemas. A parede vermelha, as mãos balançando, os pedacinhos de carne escorrendo pela parede. Todo o resto voou.

E pedaços de Taísa caíram sobre Ayron.

Ele desmaiou.

Pelo menos, naquele dia, o Tratamento Especial havia terminado.

21

Dia seguinte, ele perdurava-se no estado de choque. O corpo sem controle, envolto por tremores, era a efígie do desajuste. A fim de aliviar a tremedeira, deram-lhe um calmante. Depois o alimentaram com uma sonda e, por último, o libertaram do pilar. Não havia mesmo para onde ir. Sair da sala, impossível.

Ao recuperar-se um pouco – o calmante contrapondo, lutando para enfraquecer a desgraça – ele olhou em volta e as interlocuções internas e externas com a morte foram vivenciadas novamente. Nas paredes, o sangue seco grudado com as carnes. Sobre partes de seu corpo, pedaços de Taísa.

Ele chorou, mortificado.

Afogado em tragédia, mergulhado na funesta realidade, as lágrimas correram copiosamente. Entre soluços, passou as mãos por quase todo o corpo querendo arrebatar os pedaços de sua amada. Dedos em ação derrotada agarravam os nacos de carne, um a um, como se escolhessem coisas na feira. Estonteado, foi até a parede onde as mãos sem braços suspendiam-se e começou a beijar os únicos pedaços que dela restaram. Afogado em desespero, resmungou:

– Por que fizeram isso? Por que você, meu amor? Oh, meu Deus! Sou apenas um homem comum. Éramos pessoas comuns. O que está acontecen...

Não conseguiu terminar.

Deixou o corpo escorrer na parede, arrastou-se até o canto e lá ficou, agachado. A respiração mudou o compasso. Estaria o calmante surtindo efeito? Não, não estava. Passado algum tempo, ao invés de relaxar, explodiu em cólera.

– Onde está? Apareça desgraçado!

E o Presidente apareceu.

O cubo transparente desceu.

O governante, com sorriso estampado, desvendava-se satisfeito, como se todo o tempo apenas esperasse por aquele pedido. Ayron atirou-se contra o vidro. Bateu... bateu... bateu. A única coisa que se quebrou foram três dedos de sua mão.

– Não, senhor Ayron. As coisas não se resolvem assim. Tenha calma – avisou o Presidente, sarcástico.

– Vou te matar, filho da puta!

– Não, não sou eu quem vai morrer aqui! – O Presidente sorrindo. Sempre sorrindo. – Finalmente, sua hora chegou. Depois de pequenas, porém eficientes seções, vai definitivamente experimentar, assim como ela experimentou – apontou para as mãos que pendiam à parede – o melhor do Tratamento Especial. O senhor sabe; o senhor viu. Chegou a hora da injeção, senhor Ayron. Provavelmente não sobreviverá. Sobrevivência dependerá de dois fatores: sua mutação genética e a quantidade de droga que lhe será aplicada. Entretanto, caso sobreviva, alerto que dependerá da Nova Droga. Exames serão feitos para constatar o tipo de alteração em seu DNA, caso tenha ocorrido algum, e, se assim for, as experiências continuarão. Quem sabe o senhor não seja mesmo o exemplar que dará origem à nova raça? Se, ao contrário, feito outros sobreviventes, se tornar tão somente um dependente químico, lembro-o de que, na ausência da sua dose diária, todas as reações do Tratamento Especial voltarão. Será como se tudo acontecesse novamente. A Nova Droga, portanto, lhe servirá como um antídoto, por assim dizer. Lembra-se do homem do forro? Sem a droga, ele não resistiu. E ela... ela sequer teve tempo de entender bem os acontecimentos. Foram tão rápidos os acontecimentos, meu Deus! – De novo, o Presidente apontou para as mãos penduradas. – Sabe, achei que ela fosse demorar mais para explodir! – O lunático expressou novo sorriso. – Fiz muita gente morrer, até que a fórmula aceitável da Nova Droga fosse encontrada. Estamos em processo de aperfeiçoamento, como já disse. O surgimento da nova raça dependerá do sucesso das etapas seguintes. Muitos, muitos ainda morrerão, posso lhe assegurar.

O Presidente sorriu.

Antes de o tubo transparente subir, pediu para que vestissem o torturado. E justificou:

– Se vai morrer, que seja com alguma dignidade, não é mesmo?

A voz do Presidente calou.

Ayron chegou mesmo a considerar encantador o encontro com a morte. E que fosse breve. Sem muito mais dor.

Na sala, só ele e a tortura.

A parede de metal, no canto da sala, abriu-se. Três homens entraram. Fizeram um círculo em volta de Ayron, atiraram-lhe peças de roupa. Ordenaram que se vestisse. Em seguida, aplicaram-lhe a injeção, não sem que ele resistisse. Feito bicho, Ayron debateu-se. Gritou. Bordoadas o tontearam. Com o desespero transformado em fúria, contudo, ele segurou-se em um dos homens e cabeceou-lhe a testa. Forte. Tão forte que ele mesmo bambeara outra vez. Tão forte que o outro perdera os sentidos.

Mas foi em vão. Tudo em vão.

Logo a reação da injeção começou. Dois guardas do sistema saíram. Deixaram para trás o terceiro, desfalecido. A preocupação com o outro era nula. Para eles, não haveria problema tirá-lo de lá depois, juntamente com Ayron. Nem que fosse para recolherem apenas os pedaços.

A reação à injeção não fora tão rápida, nem tão violenta quanto a de Taísa e dos outros que ele vira nos filmes. Mas depois, foi doloroso. Diabo dentro dos músculos, nervos e veias. Subitamente, o corpo inteiro começou a doer. A cabeça a latejar. Espasmos fizeram-lhe perder o controle e ele jogou-se no chão, trêmulo. Caroços surgiram. Latejaram. Sangue começou a correr pela boca e, nessa hora, ainda consciente, ele viu a morte à espreita, aguardando-o. Por tempo que ele não soube dizer o quanto, ficou deitado, debatendo-se e tendo dores horríveis. Mas o corpo não inchou feito o de Taísa. Alterou-se nalgumas partes. Um e outro caroço surgiu, mas, aos poucos, voltou ao normal. A dor diminuiu muito. Ele se levantou. Respirou fundo. No claustro do Tratamento Especial, também no claustro de si mesmo, imaginou que as amarras haviam se soltado.

Seria só isso? Pronto? Estava feito?

Ingenuidade.

Logo, tudo recomeçou.

Desta vez, a vista escureceu. De um instante para o outro ele ficou cego! Não bastasse, seu pescoço pôs-se a latejar até quase arrebentar. A sensação passou para a cabeça. Segurando-a com as mãos, ele cambaleou pela sala.

Estrebuchou.

Caiu.

Desespero e morte, uma coisa só.

Parou de se debater e tentou se levantar. Cambaleou. Voltou a cair. Arrastou-se até a parede e nela quedou-se. Encostado, quis morrer. Não fazia sentido nenhum sobreviver. Ou fazia?

Com o corpo trêmulo e a cabeça latejando, direcionou o olhar para os braços a fim de verificar se estavam inchando, mas, cego, não podia ver, claro que não. Acabou se levantando. Ficou de pé, firme. Então, começou a gritar... gritar... Gritava e passava as mãos pelo rosto, olhos e corpo, como se reconfigurar a existência da carne fosse possível. A droga aplicada, essa poção da morte, não permitiria que o elixir da vida fosse remodelado. Assim, que morresse de uma vez.

Determinado, mesmo sem nada ver, correu para o outro lado da sala, jogando-se com toda a força contra a parede, a cabeça como alvo principal. Voltou a cair e, às tontas, se levantou. Outra vez, martelou a cabeça na parede. Tonteou. Desequilibrado, agarrou os cabelos e arrancou-os em tufos. Completamente desesperado, também quis arrancar os olhos. O corpo estava fervendo. Dentro dele, era como se labaredas ardessem. Lembrou-se do homem no filme. Agora é que sabia: o homem, cego, não tinha mais nada a fazer. Por certo, extirpar os olhos tinha sido ato irrepreensível. Antes da ação de enfiar os dedos dentro dos olhos se transformar em ato incontrolável, sua visão começou a voltar. E ele parou. Escutou zumbidos ensurdecedores. Tapou os ouvidos. Atrás de si, distinguiu uma imagem que se formava. Assustado, descobriu que o que via era ele mesmo gritando e apodrecendo. Os pedaços se desprendendo. Sua carne podre juntando-se com os restos de Taísa. Alucinação? Ou seria a imagem dele morto? Atirou-se para agarrar a visão – morto-vivo em som e movimento. Caiu no vazio. Bateu o rosto no chão e a boca abriu-se, quase engolindo pedaços de sua mulher morta.

Súbito, tudo parou.

As dores, a alucinação, o medo, a angústia. Tudo se foi, igual a um milagre. Por que, afinal, não morreu? A dose da droga fora cavalar. Pelo que tinha testemunhado, a morte deveria ter sido o resultado. Pondo-se de pé, soube que a vida lhe dava as mãos. A morte, enfim, não respirava dentro dele. De mãos dadas com a vida, durante dez minutos, ficou estático. A respiração descompassada, o corpo trêmulo, envolvido pela persistência.

Seria ele o candidato à mutação? Seria o primeiro de uma nova raça, como idealizava o Presidente? Não. Isso não! Não permitiria, de jeito nenhum. Caso tivesse alguma chance, antes se mataria. Mas... se as arcadas da morte não o abocanharam, por que entregar-se a ela? Não seria o caso de lançar mão de outra atitude? Taísa, por exemplo. Não teria ele sobrevivido aos efeitos da injeção para injetar justiça na dor e na desgraça de tê-la perdido?

Sentou-se.

Agarrou os joelhos e, encolhido, expandido em interjeições, considerou se tempo e condições lhe restariam para fazer alguma coisa antes de morrer. Se o que pensava estava certo, o corpo resistiria. Até que novamente sentisse a falta da Nova Droga, correriam doze, dezoito horas se comparado ao homem do forro. Só então é que morreria.

Mas o que fazer?

Preso. Homem solitário e fraco, haveria jeito de sair dali e acabar com tudo?

Só mesmo um tolo para acreditar que ele, tão inofensivo, migalha de gente, fosse capaz de fazer algo.

22

A dois metros começou a descer, do teto, uma placa de metal. Vagarosamente, ia em sua direção, como nos filmes. Exatamente como nos filmes, movia-se a fim de esmagá-lo. Encurralado, prestes a ser espremido – rato acuado –, Ayron arregalou os olhos e ficou observando a placa aproximar-se. Chegou a pensar que morrer pela droga teria sido melhor. E o desespero aumentou quando sentiu o calor. A placa que vinha, esquentava. Vermelha pelo calor, antes de esmagá-lo, iria queimá-lo. Se o Inferno tivesse uma descrição possível, era aquilo. Então, sem saber ao certo o que fazer, ele correu de um lado ao outro do que restava de espaço na sala. Às tontas, o corpo tamborilava a cada passo, à cata de gestos que trouxessem solução.

O medo dificultava-lhe o pensar. A adrenalina, embora ajudasse na reação, lhe atrapalhava o raciocínio rápido. O que fazer? Não havia tempo, tampouco haveria como livrar-se da morte que o chamava.

A não ser...

A não ser que conseguisse arrastar o desfalecido até a porta. Fosse possível, bastaria encostar o código de barras do pulso do homem no leitor eletrônico e pronto, estaria livre. Ao menos, livre de ser esmagado.

Simples assim?

Nem tão simples.

O homem era corpulento. Arrastar alguém desmaiado, especialmente pesado, é ação que exige força e tempo. Ayron não tinha nem uma coisa, nem outra. Não bastasse, os dedos quebrados de sua mão dificultariam muito a iniciativa.

A placa de metal descia. Descia. Estava cada vez mais perto.

A sala era ele, a placa de metal, o desfalecido e o calor. Um calor que aumentava. Aumentava.

A pele, já vermelha, começava a queimar.

E a suar muito.

O líquido, meio esverdeado, brotava-lhe dos poros. Seriam resíduos da droga? Alguns medicamentos, antibióticos, por exemplo, podem ser eliminados, em parte, pelo suor. Com a Nova Droga se daria o mesmo? Impossível saber. Sabia, apenas, que algo estava acontecendo, era visível na pele. Mas, e se, em vez da eliminação de resíduos, o suor esverdeado significassse sinais de combustão?

Combustão. Explosão.

Nada bom. Nada bom mesmo. Ele não queria explodir, claro que não. Seu desejo era que acontecesse o inesperado: que o seu corpo expelisse a droga, ainda que em mínima quantidade. Se assim o fizesse, a esperança de viver – caso não fosse esmagado, ou não morresse queimado – poderia se tornar realidade.

Ficar pensando sobre isso, todavia, não o levaria a solução alguma. Precisava concentrar-se em se libertar da sala. Somente assim é que poderia vislumbrar mais alguns dias, meses ou, quem sabe, anos de vida. Somente assim é que ainda poderia existir a possibilidade de conseguir acabar com o monstro que criara tudo aquilo e que, por causa disso, fizera sua mulher explodir.

Sem mais opor-se à tentativa, arrastou o desfalecido como pôde. Encostados à porta, ele se esforçou para levantar o pulso do homem até o leitor. Não teve sucesso. Tentou outra vez. E outra. Nada. Em sua cabeça, o fim era certo. A respiração acelerada, o corpo ardendo e suando eram seus últimos sinais de vida.

Então conseguiu.

O corpo já havia queimado muito e a placa metálica estava a poucos centímetros quando o código de barras abriu a porta. Ayron atirou-se rápido pela abertura. Caiu na escuridão. Deitado, o coração martelando forte, ele escutou a placa metálica bater e esmagar o corpo que ficara.

Extenuado. Parte do corpo em carne viva, dedos da mão fraturados, desidratação e fraqueza impedindo-o de continuar, seriam batalhas a vencer. Mas, se havia atravessado a sala do Tratamento Especial, se estava fora, o resto seria fácil. Ao menos, foi o que desejou.

Levantou-se e iniciou caminhada no corredor. Não era o mesmo caminho por onde o trouxeram. Aquela era uma passagem exclusiva dos homens do sistema. E era uma passagem escura. Ou ele estaria cego? Onde estariam os homens? Para onde a escuridão o levaria? Não demorou para seus olhos divisarem luzes e formas.

Formas humanas.

Vindo até ele.

Um alarme soou.

Alguém, gritou.

E Ayron, repleto de medo, correu.

Não sabia o que encontrar, tateava o caminho apoiando-se nas paredes. Até que viu uma porta. Entrou. Ninguém além dele e de um duto de ar. Nada mais lhe restava. Sua esperança? Arrastar-se pelo caminho escuro e estreito.

Foi assim que pisou no vazio e seu corpo despencou para um precipício.

Outra tubulação.

Caindo, ele se comparava ao lixo que vai deslizando pelos tubos dos antigos prédios. E concluiu que de nada valera livrar-se de ser esmagado se agora morreria no fim da queda.

Só que não morreu.

Estreito, o túnel não deixava o corpo correr com muita velocidade e, quando chegou ao final, desembocou num novo tubo de ventilação, que se rompeu, mas mesmo assim abrandou um pouco a queda, que foi numa sala escura.

O corpo veio com um estrondo.

Após o tubo de ventilação ter se partido com o choque, a queda para o chão quebrou-lhe uma costela e provavelmente o braço.

Ali jogado, ainda na escuridão, ficou respirando com extrema dificuldade e dor. Muita dor. Como não poderia permanecer inerte, levantou-se e começou a andar pela sala.

Tateando, carregando a dor nos dedos, no braço, e em cada passada; dilacerando as costas e o peito no ritmo do respirar, entrou por um corredor comprido. Ao longe, avistou uma porta e, antes de aventurar-se por ela, certificou-se de que não havia ninguém. Então seguiu devagar, cuidadosamente. Ao abri-la, avistou uma cena. Observou o que pareciam ser dois, talvez quatro homens circulando. Esperou. E esperou. Quando se foram, continuou. Entrou noutra sala e percebeu que estava dentro do estoque da Nova Droga. Não fosse todo o estoque, era ao menos parte dele, teve certeza disso. Caixas, vidros, garrafas plásticas cheias com os comprimidos vermelhos. Armários lacrados com o líquido verde: as injeções.

Andou no meio das caixas, perdendo-se nos corredores. No lado oposto da sala, viu uma escada que daria para o andar de baixo. Iria descer por ela. Sim, faria isso. Todavia, não antes de parar, respirar o possível e controlar as dores.

Desceu.

Ali, mais estoque. Mais droga. A ração alimentícia. E outra porta.

Respirou profundamente, sem de fato poder fazê-lo. Abafou o som da dor e, por pouco, não desistiu. Desistir não podia. Não. Não agora que parecia tão próximo.

Próximo do quê?

De acabar com tudo, se possivel.

Improvável. Um homem contra todo um sistema? Improvável. Sua vida, afinal, não era cinema. Mais do que improvável, era ridículo. Porém, se a vida nos últimos tempos não fazia mais sentido, sentido novo germinou ao abrir a próxima porta.

Vários, centenas, milhares de novos vidros com o líquido verde. O coração do Tratamento Especial, enfim, pulsava ali.

Se ao menos encontrasse uma forma de destruir aquilo tudo! Se ele tivesse alguma chance de impedir aquele coração de bater, ele o faria! Se não por ele e por todas as pessoas, faria isso por Taísa.

23

Olhando os frascos incontáveis do líquido verde, parecia perdido. Criança assustada sem saber para onde ir, o que fazer. Com olhos vidrados, dor extrema e ardência por todo o corpo – partes da pele se soltando –, resolveu vasculhar mais. Entre pensamentos que o dominaram, encontrar a maneira de se libertar era imperativo. Não obstante, toda a linha de produção do Tratamento Especial, não apenas aquela área do estoque, também lhe povoou as ideias. Seria neste prédio? Num anexo? A lógica lhe dizia que sim. Onde há estoque, há produção.

Cambaleou.

Abatido pela dor, embrenhou-se entre prateleiras, corredores, caixas lotadas. Saiu da sala. Avistou dois guardas ao longe, agitados. Conversavam, chamavam por outros companheiros. Um deles percebeu sua presença. Sem demora, ele entrou em outra sala, e outra, e outra. Só o que encontrava era mais e mais estoque. Apesar de as prateleiras encobri-lo, não era um bom lugar para ficar. Precisava de melhor proteção. Onde estava, o capturariam facilmente. Então, à procura de esconderijo, ou rota de fuga, esbarrou em um dos vidros que guardavam o líquido do Tratamento Especial e este se espatifou no chão.

"Mas que merda!"

Não, não era hora para um deslize desses.

Vidros.

Líquido verde.

Medo.

E uma importante descrição revelando-se num dos cacos: Inflamável. Altamente explosivo!

A mente de Ayron avaliou a informação. Inúmeras possibilidades lhe orbitaram. Probabilidades, porém, logo foram substituídas pelos reboliços. Vozes. Passos a procurá-lo.

Aonde ir?

Atirou-se embaixo de uma das muitas prateleiras e arrastou-se para longe dali, não antes de chutar os cacos. Não antes de abafar gritos lancinantes de dor. Parou quando escutou que homens haviam entrado. Esperou, acuado.

Olharam. Passearam entre as prateleiras. À medida que os guardas se aproximavam, ele se esgueirava noutro canto, silencioso, astuto. Esperando despistá-los, pegou uma das embalagens da prateleira e atirou longe. Funcionou. Um deles apontou para a direção oposta de onde ele se escondia. Correram para lá. O olhar de Ayron seguiu-os na expectativa de descobrir o que tanto procurava: o laboratório!

No laboratório, vasculharam tudo. Perguntaram para um e outro funcionário. Ninguém viu, ninguém nada ouviu.

E os homens foram vasculhar outra parte.

Cauteloso, Ayron entrou no laboratório. Por alguns instantes se escondeu entre tubos de ensaio, computadores, microscópios. Lançando um olhar apurado, descobriu que salvaguardar-se no esconde-esconde de nada lhe serviu. Sensores de movimento. Câmeras. O olhar eletrônico que o acompanhava evidenciou o quanto ele havia sido amador. Não, imbecil seria a melhor palavra! Desde quando as câmeras o monitoravam? Certamente, em algum momento, ele ficou no ponto cego, pois os perseguidores o perderam. Enfim, "que se foda a lógica, que se fodam as câmeras!". Foi exatamente o que ele pensou antes que dois químicos que ali trabalhavam pudessem entender o que acontecia. Ayron se jogou sobre eles. Feito bicho, agarrou-os e os três caíram. Corpos e cacos pelo chão. Rápido, mesmo tomado de dor na costela, no braço, nos dedos da mão, no corpo todo, enfim, deixou um dos homens desfalecido, tanto que lhe bateu a cabeça no chão. Ah, adrenalina! A adrenalina era realmente algo poderoso. Muito poderoso. Quando

Ayron entendeu bem a ação, o outro homem, quase sem poder respirar, estava dominado, com a garganta sendo apertada. Dominar os dois num só tempo, debilitado que estava, era algo quase inexplicável. O medo, a adrenalina, a vontade de destruir tudo, ou apenas o *foda-se* que respondesse como ele foi capaz de fazer aquilo!

– Este é o único laboratório? – Ayron perguntou. Sangue correndo de sua testa por causa da queda. O corpo ardendo, as costelas doendo demais. O braço inchando muito.

Em sinal afirmativo, prestes a perder o fôlego, o homem meneou a cabeça.

Não conseguiu terminar. De tão sufocado, perdeu os sentidos.

Ayron pegou um dos vidros que continha o líquido do Tratamento Especial e traçou uma trilha, dessas que se faz com pólvora para detonar qualquer coisa.

Vozes.

Passos apressados do lado de fora da sala.

Estavam vindo.

Eram muitos.

Estavam perto.

E ele estava sem tempo!

Com certo tremor nas mãos, vasculhou à procura de um isqueiro no bolso do químico. Isqueiro em um laboratório onde se manipula produto inflamável? Ninguém ali era imbecil. Considerar tal possibilidade, sim, fora imbecilidade. Mas que seria fantástico, seria. Em razão do líquido inflamável, altamente explosivo, o fogo agiria rápido. A explosão se mostraria poderosa. Seria como nas Torres Gêmeas, ele imaginou. Naquele 11 de setembro, depois da explosão, o fogo aniquilara concretos e aços como se nada fossem. Se havia dado certo com Osama Bin Laden, daria certo com ele. Tudo ali arderia feito o inferno, incluindo ele e o Presidente.

Tudo bem morrer assim.

Por um tempo, prendeu-se à imaginação. Os olhos vidrados na possibilidade. A mente em turbilhão.

No romance *Sozinho no deserto extremo,* Davi, o protagonista, bota fogo em tudo. O fogo é poderoso. Ninguém passava imune ao fogo. *"Queimar é um grande prazer. Um prazer muito especial. Um orgasmo".*

O fogo orgásmico destruirá, Ayron foi inundado por essa certeza.

O fogo do inferno exterminará de vez aquele lugar apocalíptico chamado Tratamento Especial.

Mas ele não tinha como atear fogo naquilo.

Seus olhos se desviaram da imaginação e ele viu, assustado, os homens do Sistema à sua frente. Não tão próximos para agarrá-lo, mas pertos o suficiente para acertá-lo com um tiro.

Ou vários.

Ao primeiro disparo, ele tombou. O projétil raspou-lhe no ombro. O segundo tirou não o acertou exatamente por isso: alvo em movimento. A bala, de qualquer maneira, fez estrago. E fez o que ele não seria capaz de fazer: acertou o líquido inflamável, altamente explosivo, e traçou o destino de todos.

A explosão, como o imaginado, foi questão de alguns minutos!

24

Destroçado, roto. Ao rés do chão, o corpo era carne pendente, revolvida por destroços. A mente era como um poço. Escura. A vida, mergulhada em subsolo infinito, agarrava-se às raízes, misturava-se ao barro e buscava, a todo o custo, chegar à superfície. Respiração repudiada-reprimida agonizava no peito que, frágil, muito frágil, bulia com o destino. Conseguiria? O chumbo que pesava no pulmão, que esmagava possibilidades e espremia heroísmos, se dissolveria? A lava da morte verteria para, enfim, eclodir-se em vida?

Entre inquirições e hesitações, o futuro germinou.

E ele abriu os olhos depois de quinze, vinte minutos.

Muito fraco, trêmulo, agindo com vagar, teimou em limpar a sujeira e o sangue que corria pela face. Em gesto incrédulo, desanuviou a vista do vermelho que a embaçava e girou a cabeça para os lados.

Apocalipse.

Parecia o Apocalipse.

Mesmo assim, ainda que alquebrado ao contemplar a destruição, esboçou suspiro de êxito. Onde antes o Palácio Iguaçu, não havia mais tipo nenhum de sustentação. Destroços e pedaços dos mortos amontoavam-se no solo. Não havia dúvida de que o Presidente deveria estar naquela miríade de ossos e pedras.

E ele, por que vivo?

Não sabia. Verdade é que a morte cria abismos por onde uns caem, outros não. O som dos guardas atirando, arrombando a porta do laboratório e gritando para que o agarrassem não se despertou no seu lembrar. Igualmente, apagou-se da sua mente o instante em que a bala deu vida à língua de fogo, que correu pelo líquido, lambeu o destino e, num átimo, alastrou-se. A imagem dele correndo com as últimas forças que tinha, após ter se chocado e atravessado uma vidraça em chamas, se apagou. Não foi possível rever na mente seu corpo em disparada, imprudente. Não foi possível ver nada. Como se fosse outro ser, ele não escutou o alarme de incêndio que soou. Homens e mais homens que gritaram. O mundo era outro. Abafado. Desconhecido. O ser esbaforido no qual se transformou naquele momento, com olhos arregalados ao avistar armas apontadas, era como se nunca tivesse existido. O estrondo de vidro se quebrando, funcionários em disparada, tumulto, desespero de tantos, e a voz. Ah, a voz do Presidente pelos alto-falantes do edifício – *Não deixem que fuja!* –, essa também se calou dentro do seu interior. Era como se não a tivesse escutado.

Vagamente, muito vagamente, a lembrança que lhe restou dos momentos finais foi a do seu corpo sendo atirado longe quando tudo explodiu.

Agora, ali jogado, misturado a restos do prédio que tinham voado com ele, o choro vazou. Foram alguns minutos de pranto até que se deu conta da pedra enorme que lhe prendia o pé no asfalto.

Tirem a pedra, disse Jesus ao ressuscitar Lázaro. Fitando a pedra, considerou a possibilidade de que Jesus, Deus – ou o que quer que fosse – também o havia ressuscitado. Assim, afastou a pedra com dificuldade extrema e, em seguida, arrastou o corpo estraçalhado para uma sombra. Esperando receber socorro – socorro para a vida, ou para morte digna – continuou a vaguear o pensamento. Teria sobrevivido apenas para morrer mais tarde, quando o corpo pedisse a Nova Droga?

Impossível dizer.

Todos os outros dependentes da Nova Droga morreriam? Os robotizados pelo sistema teriam chances, ainda que mínimas, de se tornarem, outra vez, homens comuns?

De novo, impossível dizer.

O que era cristalino em sua mente era o fato de que a cidade inteira, por alguns dias, viveria o caos. Ao levar em consideração o que viu acontecer com o homem do forro e com Taísa – Ah, meu Deus, Taísa! –, corpos apodreceriam. Pessoas iriam explodir e feder.

Esse abominável mundo novo, por um tempo, seria o cenário do inferno. Militares, aos milhares, indo pelos ares.

Pedaços de carne e ossos se espalhando.

Assim como Taísa.

Ali jogado, maltrapilho – escarro de gente –, quis fazer ouvidos moucos para a terrível dor da perda. Todavia, esquivar-se da imagem dela grudando-se, em pedaços miúdos, no seu corpo, foi impossível. Assim, essa imagem da funesta lembrança mesclou-se com borrões da realidade. À sua frente, talvez a 50 metros, ele viu duas pessoas saírem dos destroços. Fora de foco, envoltas por muita poeira, entulho, sujeira e sangue, era difícil concluir quem de fato eram. Mas, como não vestiam fardas, certamente tratava-se de funcionários que haviam sobrevivido. À frente dessas pessoas, alto no céu poeirento, outra imagem despertou-lhe tormento, frio no estômago.

Um helicóptero.

O som das hélices. O vento balançando a aeronave.

A máquina ganhando as nuvens, afastando-se.

Ainda que distante; mesmo com a aeronave encoberta por nuvem e poeira, Ayron distinguiu que lá dentro alguém sorria. E o pior: teve a certeza de que olhos o observavam.

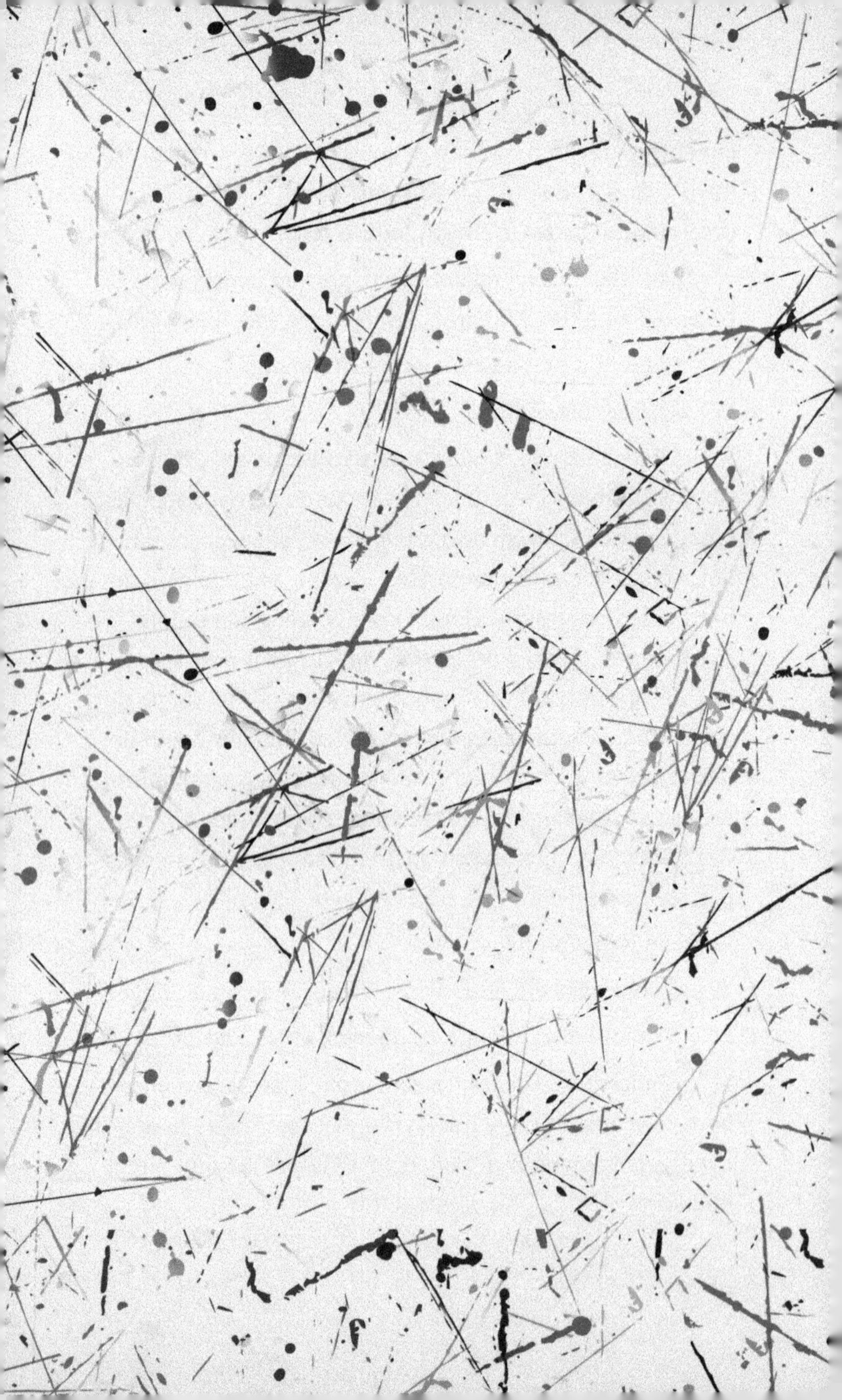